石村亭の門

「夢の浮橋」の舞台となった石村亭《せきそんてい》（旧潺湲亭《せんかんてい》）

母屋の廊下、欄干

座敷より庭をのぞむ

庭から眺める母屋の縁側

離れの書斎

池泉回遊式の庭

写真提供　日新電機株式会社　　写真撮影　若林龍一

中公文庫

夢の浮橋

谷崎潤一郎

中央公論新社

目次

夢の浮橋

夢の浮橋

挿画　田村孝之介

五十四帖を読み終り侍《はべ》りて
ほとゝぎす五位《ごい》の庵に来啼《な》く今日
渡りをへたる夢のうきはし

この詞書《ことばがき》を伴う一首は私の母の詠である。但《たゞ》し私には生みの母とまゝ母とあって、これは生みの母の詠であるらしく想像されるけれども、ほんとうのところは確かでない。その仔細はこれから追い〳〵詳《つまびら》かにするであろうが、理由の一つを挙げてみれば、生母も継母も「茅渟《ちぬ》」と云う名を用いていた。私が幼童の時聞いたのでは、生母の一家は京都の人であるけれども、彼女は浜寺の別荘で生れたので、彼女の父が茅渟の海に因《ちな》んで彼女を「茅渟」と名づけたのだと云うことであり、戸籍面の記載でも彼女は正しく「茅渟」であるが、二度目の母も私の家に嫁《とつ》いでからは「経子《つね》」と云う実名を用いたことがなく、いつも「茅渟」と云う名で呼ばれていた。父が母へ宛てた消息にも、すべて「茅渟どの」とあり、時には「ちぬどの」又は「千弩どの」などゝしてあるので、いずれの母に宛てたものか、それだけ見たのでは区別がつかない。そう云う訳で、「ほとゝぎす」の歌を記した色紙も、「茅渟女」の詠であることは分るが、どちらの茅渟女かは明かでない。いずれの母であるにしろ、母なる人の詠歌と云うものは、これ以外には伝わっていない。

私がこの歌を知っているのは、それを記した色紙がうや〳〵しく裱具《ひようぐ》されて、家に遺っているからである。今もまだ六十餘歳で存生している乳母《うば》の話では、その色紙は越前の武《たけ》生《ふ》から取り寄せた、古代の手法に依った本式の墨流しの紙で、母（いずれの母だか分らないが）はその墨流しを手に入れるためにその頃苦労をしたと云う。私は小学校へ行くようになってからも、この歌の文字がなか〳〵読み下せなかった。それは近衛三藐院《さんみやくいん》の流れを汲む字体だと云うことで、萬葉仮名が沢山交っているので、子供は勿論大人でもちょっとは読みにくい。今の世では男でも女でもこんな字を書く人はいない。たとえば「ほとゝぎす」は「霍公鳥」となっており、「今日」は「気布」、「たる」は「多流」になっている。そう云えば、これもどちらかの母が書いたものらしい百人一首の骨牌《かるた》があるが、やはり同じ書体で、「紅葉乃錦神の万仁《まに》々々」など、なっていたのを覚えている。

私には文字の巧拙について兎角《とかく》のことを云う資格はない。乳母は、「近衛流の字イをこない上手にお書きこなしやすお方はおいや致しまへんそうにござりまっせ」と云っていたが、私もしろうと考ながら、多分相当な能筆なのであろうと思う。しかし女の能筆家ならば、行成流の細くしなやかな仮名文字を選びそうなものであるのに、こう云う肉の厚い、たっぷりと肥えた、漢字の多い書体を好んだのは奇異であって、そこにこの女性の特殊な性格が見られるような気がする。

和歌の巧拙と云うことになると、私は猶更《なおさら》不案内であるが、それでもこの歌は決して秀歌と云える程のものではあるまい。「渡りをへたる夢のうきはし」は、「源氏五十四帖の最終巻である『夢浮橋』を今日読み終へた」と云うのであろうが、「夢浮橋」は至って短い帖であるから、これだけを読み終えるのには何時間もかゝる筈はないので、こゝで云っているのは、源氏の全巻を読みつゞけて今日漸《ようや》く最後の帖を終ったと云うのであろう。「五位の庵」と云うのは、この家の庭によく五位鷺《ごいさぎ》が飛んで来るので、祖父の時代からこの邸を「五位庵」と呼び習わしていたからである。鷺は今でも飛んで来るので、姿はあまり見たことはないが、あの「があ」と云う啼き声を私もしばしば聞いたことがある。

五位庵の場所は、糺《たゞす》の森を西から東へ横切ったところにある。下鴨神社の社殿を左に見て、森の中の小径《こみち》を少し行くと、小川にかけた幅の狭い石の橋があって、それを渡れば五位庵の門の前に出る。新古今集《しんこきんしゅう》所載鴨長明《かものちょうめい》の歌に、

石川やせみの小川の清ければ
　月も流れをたづねてぞ澄む

とあるのは、この石橋の下を流れる小川のことだと土地の人は云っているけれども、この説にはいさゝか疑問がある。吉田東伍氏の地名辞書は、「今下鴨村の東を流れ糺社《たゞすしゃ》の南に至り賀茂川へ入る細流を指す」と一応記し、「然《しか》れども古風土記に云々瀬見小川云々とあるは賀茂川の事のみ、今の細流は水源松ケ崎村より出づ、本支の差あり」と云っている。又鴨長明自らも「これ（せみの小川）は鴨川の実名なり」と加茂の歌合に云っているから、

それが正しいようである。後段に見える石川丈山の「瀬見の小河」の詞書にも、「賀茂河をかぎりにて都のかたへいづまじきとて」と、はっきり云っている。尤《もっと》もこの川は、今でこそあまり澄んでいないが、私の幼少の頃までは長明の歌で想像されるような清冽な流れであった。そして七月中旬頃の御手洗会《みたらしえ》の禊《みそぎ》には、人々があの浅い流れに漬かっていたのを記憶している。

五位庵の池の水は、土管でこの川につながっていて、とき〲水が溢れると、こゝへ落すようにしていた。庵は太い二本の杉丸太の正門を這入《はい》ると、石甃《いしだゝみ》の路次の奥にもう一つ中門があった。路次の両側にはさゝやかな竹が植わってい、朝鮮から運んで来たらしい李朝の官人の石像が二つ相対していた。中門は杉皮を檜肌葺《ひわだぶき》のように葺いた屋根があって、こゝの門は常にとざされていた。門の左右に竹の聯《れん》が懸っていて、

林深《クシテ》禽鳥楽《シミ》
塵遠《クシテ》竹松清《シ》

とあったが、誰の詩で誰の書であるかは父も知らないと云っていた。

聯の横についているベルを押すと、人が出て来て開けてくれる。大きな橡《とち》の木が立っている蔭をくゞって玄関に立つと、三畳の間の壁間に「鳶飛《ンデ》魚躍《ル》」と書いた頼山陽の額が先ず眼に這入る。この庵の値打は、千坪ばかりの林泉にあるので、平屋造りの母屋《おもや》はそんなに廣くはない。間数は女中部屋の四畳半や内玄関の二畳を加えても八間ぐらいであったが、

孝

台所の板の間が料理屋のコック場なみに十分に取ってあり、走り元に接して掘り抜き井戸があった。もと〳〵祖父は佛光寺室町辺に住み、この五位庵を別業としていたのであるが、後年室町を人に譲ってこゝを本邸とし、隣りの乾《いぬい》の角地面に三階建ての土蔵を建て増した。従って、母屋と土蔵の行き通いはまことに不便で、是非とも台所の板の間を通らねばならなかった。

家族は親子三人と、乳母と、上《かみ》、中《なか》、下《しも》の三人の女中と七人であるから、それだけの間数があればゆったりしていた。父はとき〴〵関係の銀行へ顔を出すだけで、外部とのつきあいを好まぬ風で、家にいる時の方が多く、客を招いたりすることはめったになかった。祖父には茶事の道楽があり、又世間との交際もあったらしいので、どこからか由緒のある茶席を引いて来て池のほとりに建てたり、庭の巽《たつみ》の隅に合歓亭《ごうかんてい》と名づける離れ家を造ったりしたけれども、父の代になってからは、折角の茶席や合歓亭も持ちくされの形で、父や母の昼寝や読書や手習いの稽古場に使われていた。

父の愛はひとえに母に注がれていて、この家と、この林泉と、この妻があれば満足であると云うように見えた。父はとき〴〵母に琴を奏《かな》でさせて聴き入っていたが、家庭に於ける娯楽と云ってはそのくらいのものであったろう。千坪の庭は林泉と云うには少し狭過ぎるようだけれども、「植惣」と云う造園の技術のすぐれた庭師が丹精を凝《こ》らしたものなので、実際よりは餘程奥深く幽邃《ゆうすい》な感じを与えた。

表玄関の、三畳の襖《ふすま》を開けると八畳の間があり、その奥に十二畳の座敷があって、そこが一番の廣間であった。そこはやゝ御殿風に造られていて、東から南へ縁が廻らしてあり、欄干は勾欄《こうらん》風になっていた。南側はわざと日の光りを避け、棚を池の面の方へさしかけてあって、野木瓜《むべ》の葉が一ぱいに繁ってい、池の水がその葉の下を潜《くゞ》りつゝ勾欄の際《きわ》まで寄せていた。欄にもたれて眺めると、池の向うの木深いところから滝が落ち、春は八重山吹、秋は秋海棠《しゅうかいどう》の下を通って、暫《しばら》くの間せゝらぎとなって池に落ちる。流れが池に落ちる途中に、青竹で造った添水《そうず》と云うものが仕掛けてあって、水が一遍竹筒の中に溜り、パタンと云う音を立てゝから下に落ちる。竹筒が青々とした竹で、切口が真っ白にくっきりしていないと面白くないので、始終植木屋が竹を取り替えに来る。この添水と云うのは添水唐臼《からうす》の略語で、「水上にまかする水やたゆむらん添水の音の稀になりぬる」など、続門葉《しょくもんよう》集《しゅう》にあるが、今でも洛北の詩仙堂でこれを用いていることは、多くの人の知るところである。詩仙堂では「添水」を「僧都」と書き、石川丈山の漢文の説明書が掲げてある。五位庵の添水も、恐らく私の祖父あたりが詩仙堂へ行ってあの漢文を読み、真似をする気になったのであろう。丈山は時の帝に招かれた時、前述の詞書のある歌、

わたらじな瀬見の小河の浅くとも
　老の波そふ影もはづかし

と云う一首を詠じて召しに応じなかったそうで、その歌の拓本が詩仙堂の床の間に懸けて

あるが、私の家でもその拓本を所蔵していた。

数え年の四つ五つの頃、私はこの添水のパタン〳〵と云う音をどんなに興深く聞いたか知れない。

「糺さん、そんなとこへ行《い》てお池へはまったらいきまへんえ」

と、母が頻りに制するのも聴かず、私は庭に飛び出して、築山の熊笹の間を分けて流れのふちへ寄ろうとする。

「これ〳〵、危い〳〵、そんなとこへ一人で行くのやあらしまへん」

と、母だの乳母だのがびっくりして追いかけて来、後からしっかりと兵児帯《へこおび》を押える。私は押えられながら身を伸ばして流れを覗き込む。見ているうちに、添水の水は一杯に溢れ、パタンと云って池に落ち、空の青竹が撥ね返って来る。又一二分たつと一杯になり、パタンと云って撥ね返る。このパタン〳〵と云う音が多分私のこの家についての最も古い記憶であろう。私は明け暮れこのパタン〳〵を耳にしつゝ大きくなった。

乳母は片時も眼が離せないので、常に注意を怠らぬようにしていたが、

「これお兼どん、ぼんやりしてたらあかへんやないか」

と、母に叱られる折もあった。池の中程に土橋があって、それを向う岸へ渡ろうとする時も、必ず乳母に押えられたが、母が自分で飛び下りて来ることもあった。池の水は浅いのだけれども、一箇所人間の背よりも深く掘り下げたところがあって、水が涸れた時に鯉《こい》だ

の鮒《ふな》だのが逃げ込めるように出来ていた。その穴がちょうど土橋の近くにあるので、

「あこへはまったらえらいことえ、大人かて出て来られへんえ」

と、母はよくそう云い〳〵した。

橋を渡ると四阿《あずまや》があり、四阿の西に茶席があった。

「ばあ、あんたは附いて来たらいかん、そこに待っとい」

と、私は乳母を待たせておいて、一人で茶席に這入るのを楽しみにした。屋根が低く、部屋が狭く、まるで子供のために造られた玩具《おもちゃ》の建物のような気がするのが嬉しくて、私はそこに臥《ね》そべってみたり、瓦燈《がとう》口や躙《にじ》り口を出たり這入ったりしてみたり、水屋の水を捻《ひね》ってみたり、そこらに置いてある木箱の真田紐《さなだひも》を解いて中の器物を取り出してみたり、大きな露地傘を被ってみたりしていつ迄でも遊んでいた。

「ぼんさん、あきまへん、お母さんがお怒りやっせ」

と、外に立っている乳母は気を揉んで、

「ほれ〳〵、こゝは大きい〳〵百足《むかで》が出て参じます、百足に食べられたら恐いことどっせ」

など、云った。ほんとうに私も大きい百足が這っているのを一二度見つけたが、嚙まれたことは一度もなかった。

私は百足よりも、池のほとりや築山のところ〴〵に据えてある、五つ六つの石の羅漢《らかん》の方

が恐かった。それは中門の外の朝鮮の石像よりもずっと小さく、三四尺の高さのものであったが、顔がいかにも日本人臭く、へんにむくつけく造られていた。或る者は鼻をひん曲げて横眼で睨んでいるように見え、或る者は意地の悪い笑いを洩らしているように見えた。だから私は日が暮れると、決してそれらの羅漢の方へは行かなかった。

母はとき〴〵奥座敷の勾欄のもとへ私を呼んで、池の魚に麩《ふ》を投げてやった。

「鯉来い〳〵、鮒来い〳〵」

と云って母が麩を投げると、あの深い窪みの隠処《かくれが》の中から鯉や鮒が何匹も出て来た。私は母に寄り添って縁側に坐り、欄干にもたれて一緒に投げてやることもあり、母のやゝ肥り気味な、暖かで厚みのある腿の肉の感触を味わいながら、母に抱かれて彼女の膝に腰掛けていることもあった。

夏の夕暮には床《ゆか》を池に差出して父と母と三人で夕餉《ゆうげ》をしたゝめたり、涼を納れたりした。時には檜垣《ひがき》の茶屋から料理を持って来たり、どこからか仕出し屋の職人が材料を運んで来て、あのだゞっ廣い台所で包丁を使ったりすることもあった。父は添水から流れ落ちる水の下まで歩いて行ってビールを冷やした。母も床から足を垂らして、池の水に浸していたが、水の中で見る母の足は外で見るよりも美しかった。母は小柄な人だったので、小さくて丸っこい、真っ白な摘入《つみいれ》のような足をしていたが、それをじいっと水に浸けたまゝ動かさず、体中に浸み渡る冷たさを味わっている風であった。後年私は大人になってから、

洗《ヘバ》レ硯《ヲ》魚呑《ム》レ墨《ヲ》

と云う句を何かで見かけたが、この池の鯉や鮒どもは麩にばかり寄って来ないで、この美しい足の周囲で戯れたらいゝのにと、子供心にもそんなことを思った。

そう云えばこんなこともあった。或る時私が吸物椀に浮いている蓴菜《じゅんさい》を見て、

「このぬる〳〵したもんなんえ」

と云うと、

「ねぬなわ」

と、母が云った。

「へえ、ねぬなわ？」

と聞き返すと、

「そら深泥池《みぞろがいけ》で採れるねぬなわちゅうもん」

と、母が教えた。

「ねぬなわてなこと云うたかて今の人は分りやせん、そら蓴菜ちゅうもんや」

と、父は笑ったが、

「そうかて、ねぬなわちゅうたらいかにもぬる〳〵したもんらしい気イがしますやおへんか。昔の歌にはなあ、みんなねぬなわて云うたありますえ」

そう云って母はねぬなわの古歌を口ずさんだ。そしてそれからは、私のうちでは女中達や

出入りの料理人達まで蓴菜のことをねぬなわと云うようになった。

夜九時になると、

「糺さん、もうおやすみ」

と云われて、私は乳母に連れられて行く。父と母とは何時頃まで起きているのか分らなかったが、夫婦は奥座敷の勾欄の間に寝、私は廊下を一つ隔てた、奥座敷の北側に当る六畳の茶の間で乳母と寝た。私が駄々を捏《こ》ねて、

「お母ちゃんと寝さしてえな」

と甘ったれて、なか〳〵寝つかないでいることがあると、母が茶の間を覗きに来て、

「まあ、やゝさんやこと」

と云いながら私を抱き上げて、自分の閨《ねや》へ連れて行く。十二畳の間には夫婦の寝床が既に延べられているけれども、父は合歓亭へでも行っているらしく、まだ床に就いていない。母も寝間着姿ではなく、不断着のまゝ帯も解かずに横になって、頤《あご》の下へ私の顔をもぐり込ませるようにして臥る。部屋には明りがついているけれども、私は母の襟の間に顔を埋《うず》めているので、あたりが暗くぼんやりと見えるだけである。髷《まげ》に結っている母の髪の匂いがほんのりと鼻を打つ。私は口で母の乳首の在り処を探り、それを含んで舌の間で弄《もてあそ》ぶ。母は黙っていつ迄でもしゃぶらせている。その頃は離乳期と云うことを喧《やかま》しく云わなかったからか、私は可なり大きくなるまで乳を吸っていたように思う。一生懸命舌の先でいじ

くりながら舐《ねぶ》っていると、うまい工合に乳が出て来る。髪の匂いと乳の匂いの入り混ったものが、私の顔の周囲、母の懐ろの中にたゞよう。懐ろの中は真っ暗だけれども、それでも乳房のあたりがぼんやりとほのじろく見える。

「ねん〳〵よ、ねん〳〵よ」

と、母は私の頭を撫で、背中をさすりながら、いつも聞かせる子守唄を歌い出す。

　ねん〳〵よ
　ねん〳〵よ
　よい子じゃ泣くなよねん〳〵よ
　撫でるも母ぞ
　抱くも母ぞ
　よい子じゃ泣くなよねん〳〵よ

母は私が安らかに眠りつくまで、二度も三度も繰り返して歌う。私は乳房を握ったり、乳首を舐めずったりしながら、次第に夢の世界に落ちる。パタン〳〵と云う添水の水音が、雨戸を隔てた遠くの方からおり〳〵夢の中に這入る。乳母にも得意の子守唄が幾種かあって、

　寝たか寝なんだか枕に問えば
　枕正直もんで寝たとゆた

とか、

ゆうべ夢見たお寺の縁で
猫が頭巾《ずきん》着て鐘叩く

とか、いろ〳〵歌ってくれるけれども、乳母の歌では私はなか〳〵寝つかない。それに六畳の茶の間ではあの添水の音も聞えて来ない。母の声には子供を空想の世界に誘う独特なリズムがあって、私は容易に眠らされる。

以上私は、たゞ「母」とのみ書いて来たけれども、専ら私を生んでくれた生母についての思い出を述べたつもりである。が、考えてみると、四つ五つの幼少時代の回想にしては、少し委《くわ》し過ぎるように思える。たとえば母の足についての感想、「ねぬなわ」についての逸話などは、たとい生母にそう云う事実があったとしても、頑是《がんぜ》ない私の脳裡にそんなことまでが印象をとゞめていたであろうか。事に依ると、第二の母の印象が第一の母の印象と重なり合って、私の記憶を混乱させているのではなかろうか。と云う訳は、私を生んでくれた母は私が数え年六つの秋、あの玄関の前の橡《とち》の葉が散り初める頃、私の弟か妹に当る胎児を宿しつゝ、子癇《しかん》と云う病気に罹《かゝ》って廿三《にじゆうさん》歳で死んだ。そして二年餘りを過ぎて第二の母を迎えたからである。

私は生みの母の顔立ちを、はっきりとは思い出すことが出来ない。乳母に云わせると、世にも美しい人であったと云うけれども、私はたゞぼっちゃりとした圓顔《まるがお》の姿を朦朧と浮かべ得るだけである。私は母に抱かれながら、下から彼女を見上げる場合が多かったので、鼻の穴がよく見えた。鼻は電燈の明りを浴びて薄紅く綺麗に透き通っていた。乳母の鼻などゝは比較にならない立派な整った鼻であることは、そう云う角度から見る時に一層そう思えた。だがその外の特長については、眼はどう、口はどう、眉はどうと云う風に一つ〳〵を数え立てゝみると、大体は分っているようでいて、詳細には浮かんで来ない。こゝでも矢張、第二の母の容貌と重なり合って、紛らわしくなっているのである。生母の死後、父が朝夕佛前で回向《えこう》する時に、私も父の傍に坐って拝むのが常であったが、位牌の横に立てゝ、ある亡き人の写真をつく〴〵と見ても、「これがあの、私に乳を吸わせてくれた母であった」と云う実感は湧いて来なかった。その写真で見ると、母は唐人髷に結い、私の朧ろげな記憶にあるよりももっと圓々と肥えている上に、全体が薄くぼやけているので、そこからありし日の母の影像を脳裡に再現することは不可能であった。

「お父ちゃん、これ、ほんまにお母ちゃんの写真か」

と、私が父に尋ねると、

「ふん、そうや、これはな、お母ちゃんがお父ちゃんとこい嫁さんに来る前、十六か七の時に撮ったんやて」

と、父は云った。

「そうかて、これお母ちゃんに似てへんやないか、何でもっとよう似たん飾らへんね、うちへお嫁さんに来やはってからの写真かてありそうなもんやのに」

「お母ちゃん、写真嫌いやったさかいな、一人で撮ったんこれ一枚しかないのやそうな。うちい来てからお父ちゃんと撮ったんが一二枚あるけど、写真屋はんがけったいな直し方してるさかいに、どだいいやらしい顔になってるさかい、お母ちゃんその写真見るの大嫌いやったんや。この写真はな、娘はんの時のやさかい、お前が覚えてる顔と違《ちご》てるかも知れんけど、娘はんの時はほんまにこんな顔してはったんやぜ」

父にそう云われると、成る程どこやらに面影を伝えてはいるものゝ、到底忘れ去った母の姿を生き〳〵と思い出させるものではなかった。

私は勾欄にもたれて鯉や鮒の泳ぐのを見ては母を恋い、添水の水の音を聞いては母を慕った。分けても夜、乳母に抱かれて寝床に這入ってからの母恋いしさは譬《たと》えようがなかった。あの、髪の匂いと乳の匂いの入り混った、生暖かい懐ろの中の甘いほの白い夢の世界、あの世界はどうして戻って来ないのであろうか、母が亡くなったと云うことは、あの世界がなくなることであったのか、母は一体あの世界をどこへ持ち去ってしまったのであろうか。乳母は私を慰めようとして「寝たか寝なんだか枕に問えば」を歌って聞かせるのであったが、そうされると私はなお悲しさが込み上げて、

「いやゝ〳〵、お前らが歌《うと》たらいやゝ」

と、寝床の中で暴れ廻って、

「お母ちゃんに逢いたい」

と、布団を撥ね除けてわあ〳〵泣いた。父が見かねて這入って来て、

「糺、そないばあを困らすもんやあらせん、えゝ児やさかい大人しゅうねんねしい」

と云うと、私は一層激しく泣いた。

「お母ちゃんはもう死なはったんや、泣いたかて仕様《しゃ》ないやないか、お父ちゃんかてお前の十倍も廿倍も泣きたいねやけど、辛抱《しんぼ》してんのやぜ、お前かて辛抱しい」

父が声を曇らせて云うと、乳母が云った。

「お母ちゃんに逢いとござりましたら、一生懸命お佛壇さんをお拝みやすのがよろしござります。そしたらきっとお母ちゃんが夢の中い出といでやすえ。そして糺、お前賢いなあてお云《い》やすえ。お泣きやしたら出といでやさ致しまへんえ」

私がいつ迄も泣き喚くのに溜りかねた父は、

「よし〳〵、そなお父ちゃんと寝よ」

と、十二畳の間へ連れて行って、抱いて寝てくれることもあったが、父の男臭い匂いを嗅ぐと、母の匂いとはあまりにも違う気味の悪さに私は少しも慰まなかった。父と寝るよりはまだ乳母と寝る方が優《ま》しであった。

「お父ちゃん気味《きみ》が悪い、やっぱりばあと寝るわ」

と云うと、

「そな、そこの次の間アでばあとねんねしい」

父がそう云うので、それからは奥座敷の次の間の八畳で乳母と寝た。

「お父ちゃんが気味悪いやたら、何でそんなことお云《い》やすのでござります」

乳母は、私の顔は父にそっくりで、母には似ていないと云うのであったが、そう云われると私は又悲しかった。

父は朝一時間、夜一時間、毎日怠らず看経《かんきん》した。私は父の読誦《どくじゅ》が終りかける頃を見はからって佛前に来、十分ばかり小さな数珠《じゅず》をつまぐるのであったが、どうかすると、

「お母ちゃんを拝みにおいで」

と、父が手を取って引き据え、お経の始まりから終りまで動かさずにいることもあった。七つの春から私は小学校へ通うようになり、夜な〳〵父や乳母を手古摺《てこず》らせることは稀になったが、それだけに母恋いしさの念は募る一方であった。客嫌いで人づきあいの悪かった父は、母がいるからこそそれで満ち足りていたのであったが、母亡き後はさすがに寂寥を覚えるらしく、おり〳〵気晴らしにどこかへ出かけることがあった。日曜にはよく私や乳母を伴って、山端《やまばな》の平八へ食べに行ったり、嵐山電車で嵯峨方面へ行《い》ったりした。

「お母ちゃんが生きてた時分、あの平八ちゅう家《うち》へ始終とろゝ食べに行たことがあんねやが、糺おぼえてるやろかなあ」

「一遍だけおぼえてるわ、うしろの川で河鹿《かじか》が鳴いてたなあ」

「そや〳〵、
　お笹を担《かつ》いで大浮かれ
　ちんとろ〳〵のとろゝ汁
ちゅう唄、お母ちゃんが歌《うと》てたん覚えてるか」

「そんなん覚えてへん」

父はそんな話のついでに、ふと思いついたように云ったことがあった。

「糺、もし死なはったお母ちゃんによう似た人がいるとして、その人がお前のお母《か》はんになってくれるちゅうたらどないする」

「そんな人いやはるやろか、お父ちゃん知ってんのか」

と、私が訝《あや》しんで尋ねると、

「いゝや、もしそんな人がいたらちゅうのや」

と、父は慌てゝ取り消すように云った。

父と私とがこんな問答を取り交したのは、私の幾つの時であったかはっきりとは云えない。その時から父の意中にそう云う人が潜んでいたのか、それとも偶然に発せられた言葉であったのか知る由もない。が、私が尋常二年生の年の春、滝の落ち口の八重山吹が真っ盛りの頃、或る日学校から帰って来ると、思いがけなくも奥の間で琴の音が聞えた。おや、誰が弾《ひ》いているのだろう、亡くなった母は生田流の琴が上手で、根引きの松の金蒔絵のある本間《ほんけん》の琴を勾欄の近くへ持ち出して弾き、父がその傍で熱心に聞き惚れているのをしば〳〵見かけたものであったが、母亡き後は、遺愛の琴は五三の桐の紋を染め抜いた油単《ゆたん》を掛けられ、黒塗りの箱に納められて土蔵に入れられたまゝ、今日まで誰も手に触れる者はなかったのに、あれはあの琴だろうかしら、そう思って私が内玄関から上って行くと、

「ぼんさん、そこからそうろと覗いとおみやす、綺麗なお方さんが来といやすえ」

と、乳母が耳の端《はた》へ口をつけて云った。

私は八畳の間へ這入って、境の襖を細目に開けて中を覗くと、父が早くも目をとめて手招きをした。その人は琴に気を取られていて、私が傍へ寄って行っても振り向きもせず弾きつゞけていた。その人は亡き母と同じ姿勢で同じ位置に坐り、同じ角度に琴を横たえて、左の手を同じように伸ばして絃を押えていた。琴はあの、母が遺愛の品ではなく、何の模様もない無地の琴であったが、それに聞き惚れて畏まって坐っている父の位置や態度も、母がありし日と変りはなかった。その人は一曲を奏で終って琴爪を抜くと、始めて私の方を向いて笑ってみせた。

「糺さんてお云《い》やすの、お父さんによう似ましといやすこと」

「お辞儀おし」

と、父は私の頭を押えて云った。

「今学校からお帰りどすか」

そう云ってその人は又琴爪を嵌《は》め、何と云う曲か知らないが、たいそう長い手事《てごと》のある難曲らしいものを奏でた。私はその間大人しく父の傍に坐り、その人の一挙一動を息もつかずに見詰めていた。子供の前ではあるけれども、その人は多少照れ臭くもあったのであろう、演奏が終っても専ら父と言葉を交えて、あまり私にはお愛想のようなことも云わず、眼と眼が会うとたゞにっこりとするだけであった。父との話し振も、ゆったりとしてこせつかず、何となく鷹揚な感じを与えた。そして間もなく人力車が迎えに来、日の暮れ前に帰って行ったが、琴は預けて行ったので、そのまゝ八畳の間の床の間に立て掛けられていた。

「お前あの人をどう思う。お母ちゃんに似てると思《おも》やせんか」

私は当然父からそう云う質問が発せられることを豫期《よき》していたが、父は何とも云わなかった。私も父にどう云う関係の人であるかを問おうとはしなかった。何かその人の問題に触れることは躊躇せられた。正直のところ、私はその人が母に似ているかと聞かれたとしても、即座には答えられなかったであろう。少くとも先刻始めてあの人を見たとき、あ、これこそお母さんの再来だ、と云う感じを抱きはしなかった。だがふっくらとした圓い輪廓、小柄な背恰好、悠々として迫らないものゝ云い振、殊に初対面の私にそら〴〵しいお世辞を云わず、ほど〳〵にあしらっていて、それで何となく人を惹きつける力のあるところに好感が持てた。亡くなった母に似ていると云えば、そう云うところが似ていると思えた。

「あの人誰や」

「さあ、わたくしも存じまへん」

乳母にこっそり聞いてみると、乳母も口止めをされているのか、それともほんとうに知らないのか、何も教えてくれなかった。

「今日始めて来やはったんか」

「今日で三遍目ぐらいでござります、お琴お弾きやしたのは始めてゞござりますけど」

その後私はもう一度、ほとゝぎすの声が聞える頃にその人を見かけたことがあった。その時はあの琴を弾いてから、父と私と三人で池に麩を投げてやったりして少し打ち解けた様子を見せたが、それでも夜の食事の前に帰って行った。琴はその後も床の間に立てゝあったので、実際は私の知らぬ間にもっと頻繁に出入りしていたのかも分らない。

「糺、ちょっとおいで」

と、父が私を勾欄の間へ呼びつけて話をしたのは、私が九つになった年の三月のことであった。たしか夕餉を終えた後、夜の八時頃、親子二人だけしかいないところで、父はいつになく厳かな、改まった調子で云った。

「お前はあの、こゝへ琴弾きに来た人のことをどう思うか知らんが、わしはいろ〳〵、お父さんのこともお前のことも考えて、今度あの人に嫁に来て貰おうと思う。お前も今年は三年生になるのやさかい、わしの云うことをよう聞き分けて欲しい。お前も知ってるように、わしは死なはったお母さんをこの上ものう大事がってた。お母さんさえ達者やったら何もお父さんは外のもん要らなんだ。お母さんがあないして死んでしまはったんで、ほんまにわしはどうしたらえゝか分らせなんだ。そうするうちに、ひょっとあの人と知り合いになった。お前はお母さんの顔はっきり覚えてやせんそうなが、今にきっと、いろんなとこであの人がお母さんに似てることを思い当るようになる。似てるちゅうたかて、双生児《ふたご》か何ぞやない限り、他人同士でほんまに生き写してな人があるもんやあらせん。似てるちゅうのはそんなこっちゃのうて、顔の感じやら、ものゝ云い方やら、体のこなし工合やら、優しいだけやのうて、奥行の深い、ゆとりのある性分やら、そう云うもんが、あの人はお母さんそんなりやのや。あゝ云う人に行き合わさなんだら、お父さんかて二度目の嫁さん持ったりする気イあらせなんだ。あゝ云う人がいやはったさかいこそ、こんな気イになったんや。ひょっとするとお母さんが、お父さんやお前のため思《おも》てあの人を廻り合わさしてくれたんかも知れん。これから先、あゝ云う人がいてくれたら、お前を大きいして行くためにも、どない助かるや知れんと思う。ついてはお母さんの三回忌も済んだこっちゃし、今がえゝ折やと思《おも》てるのや。なあ、糺、わしの云うたこと分ってくれたやろな」

不思議にも私は、父の云わんとすることのすべてを、その半ばにも達しないうちに諒承していた。父は私の面上に喜悦の色が浮かぶのを見て取ると、

「それが分ったら、も一つ知っといて貰いたいことがある」

と、重ねて云った。

「あの人が来たら、お前は二度目のお母さんが来たと思《おも》たらいかん。お前を生んだお母さんが今も生きて丶、暫くどこぞへ行《い》てたんが帰って来やはったと思《おも》たらえ丶。わしがこんなこと云わいでも、今に自然そう思うようになる。前のお母さんと今度のお母さんが一つにつながって、区別がつかんようになる。前のお母さんの名アは茅渟《ちぬ》、今度のお母さんの名アも茅渟。その外、することかて、云うことかて、今度の人は前のお母さんとおんなしやのやぜ」

それから後は、父は朝夕佛壇を拝む時、以前のように私を引き寄せて長い間坐らせたりはしなかった。読誦の時間もだん〳〵短くなって行った。そして間もなく、四月に這入ってからの或る夜、勾欄の間で式が挙げられたことは知っているが、披露の宴などはどこかの料理屋で催されたのかどうか覚えがない。式も思いの外質素で、孰方《どちら》側の親戚もほんの二三人しか連《つら》なっていなかった。父は明くる日から「茅渟、茅渟」と呼んでいたが、私も、

「さあ、お母ちゃんと呼ぶのや」と云われて、案外気軽に、

「お母ちゃん」

と云う言葉を出すことが出来た。二三年この方、父と襖一重を隔て丶寝る癖がついていた私は、新しい母が来た夜から再び乳母と六畳の茶の間で寝た。父は新しい妻を得て全く幸

福を感じているらしく、亡き母の時と同じような夫婦生活を送り始めた。昔からいた乳母や女中達も、こう云う場合兎角の噂をしたがるものだが、今度の人に一種の人徳《にんとく》が備わっているのでもあろうか、皆よくなついて、昔の人に対するのと変りなく仕えた。家の中のすべての仕来《しきた》りが又昔の通りになった。父が母の傍に坐って琴の音に耳を傾けることも、亡き母の時と同じであったが、琴も根引きの松の模様のある遺愛の品が持ち出されて、いつもそれが用いられた。夏は池へ床を出して親子三人で夕餉を取った。父は添水《そうず》の水の落ち口へ行ってビールを冷やした。母は床から足を垂らして池の水に浸した。池の中で透き通っているその足を見ると、私は図《はか》らずも昔の母の足を思い出し、あの足もこの足と同じであったように感じた。いや、もっと正確な表現をするなら、昔の母の足の記憶は既に薄れて消え去っていたのであるが、たま〳〵この足を見て、正しくこれと同じ形であったことを思い起した、と云った方がいゝであろう。そして、この人も椀の中の蓴菜を「ねぬなわ」と云い、深泥池の話をした。

「糺さん、今に学校で古今集の話教《おせ》てお貰いるやろけど、そん中にこんな歌がありますのえ」

と云って、

　隠沼《かくれぬ》の下より生ふるねぬなはの
　　寝ぬ名は立たじ来るな厭《いと》ひそ
と、壬生忠岑《みぶのたゞみね》の歌を詠んで聞かせた。

繰り返して云うが、この足の話、ねぬなわの話等々は、昔の母の時に感じたり聞かされたりしたのが始めで、この時が二度目であったようにも思い、又この時が最初であったようにも思う。父はつとめて昔の母の云ったことやしたことを今の母のそれ等と混合させ、私に生母と継母との差異を見失わせるように仕向け、今の母にもその心得を云い聞かせていたのに違いない。

或る晩、その年の秋であったと思う、私が乳母と寝ようとしていると、母が這入って来て云った。

「糺さん、あんた五つぐらいになるまでお母ちゃんのお乳吸うておいたの覚えといるか」

「ふん、覚えてる」

「そして、いつでも〳〵お母ちゃんに子守唄歌《うと》て貰《もろ》たことも覚えといるか」

「ふん、覚えてる」

「あんた、今でもお母ちゃんにそないして欲しとお思いやへんか」

「して欲しことはして欲しけど」

私は急に胸がときめくのを覚えて、顔を赧《あか》らめながら云った。

「そな、今晩はお母ちゃんと一緒に寝まひょう、此方《こっち》おいなはい」

母は私の手を取って勾欄の間へ連れて行った。夫婦の寝床は延べてあるが、父はまだ臥ていない。母も寝間着姿ではなく、晝夜帯を締めたまゝである。天井には電燈がともってい る。添水の水音がパタン〱と聞える。すべてが昔の通りである。母はごろりと横になって、髷の頭を船底形の枕に載せ、

「お這入り」

と云って、掛け布団を擡《もた》げて私を入れた。私はもはや背丈も伸び、母の頤の下へ身を埋めるほど小さくはなかったけれども、顔と顔とを突き合わせるのがきまりが悪く、わざと身を屈めて布団の中へ体をちゞめた。と、ちょうど私の鼻のところに母の着ている半襟の合わせ目があった。

「糺さん、お乳吸いたいか」

と、頭の上で母が小声で云うのが聞えた。母はそう云って、自分も顔を俯《うつむ》けて布団の中を覗き込んだ。母の前髪が冷たく私の額に触れた。

「長いことばあとばっかりねんねして、ほんまに淋しかったやろえな。お母ちゃんと寝たかったら、何でそうやと早う云うておくれやへなんだんえ。あんた、遠慮しといたのか」

私が頷くと、

「けったいな児オえなあ、さあ、早《はよ》お乳のあるとこ捜しとおみ」

私は半襟の合わせ目を押し開き、乳房と乳房の間に顔を押しつけて両手で乳首を弄《もてあそ》んだ。母の顔が上から覗き込んでいるので、その隙間から電燈の明りが洩れた。私は右と左の乳首を代る〳〵口の中に含み、頻りに舌で吸い上げてみたけれども、乳はどうしても出て来なかった。

「あゝ擽《こそ》ばい」

「ちっとも乳出て来やへん、吸い方忘れてしもたんやろか」

「堪忍《かんにん》え、今にやゝさん生んで、乳が仰山出るようになるまで待ってゝや」

そう云われても私は乳を離そうとせず、いつ迄もいつ迄も舐《ねぶ》りつゞけた。いくら吸っても無駄なことは分っていながら、そのふっくらしたものゝ突端の、小さくぷりぷりしたものを口腔で転がしているだけで楽しかった。

「えらい済まんえな、そない一生懸命になってるのに。出えへんのに吸いたいのか」

私はこくん〳〵と頷きながらなお吸うことを止めなかった。私は昔の母の懐ろに漂っていた髪の油の匂いと乳の匂いの入り混った世界が、乳の匂いはする筈がないのに、聯想作用でそこにあるように感じた。あの、ほの白い生暖かい夢の世界、昔の母がどこか遠くへ持ち去ってしまった筈の世界が、思いがけなくも再び戻って来たのであった。

ねんね〳〵よ

ねん〳〵よ

よい子じゃ泣くなよねん〳〵よ

と、昔のリズムと同じリズムで母はあの唄を歌い出した。私は感動の餘り、折角のその唄を聞かされても、その夜は容易に寝つかれず、ひたすら乳首に齧《かじ》りついていた。

こう云う風にして、私は半年ほどの間に、昔の母を忘れたと云う訳ではないが、昔の母と今の母との切れ目が分らないようになった。昔の母の顔を思い出そうとすると今の母の顔が浮かび、昔の母の声を聞こうとすると今の母の声が聞えた。次第に昔の母の影像が今の母の影像と合わさり、それ以外の母と云うものは考えられないようになった。父が私をそう云う風にしようと畫策したことはすっかりその通りになった。私はやがて十三四歳になり、夜は一人で寝るようになったが、そうなってもとき〴〵母の懐ろが恋いしく、

「お母ちゃん、一緒に寝さして」

と、その半襟の合わせ目を押し開いて出ない乳を吸い、子守唄を聞いた。そしてすや〳〵と眠ってしまうと、いつの間に運ばれたのか、朝起きた時は六畳の間に一人で寝ていた。母は「一緒に寝さして」と云うと喜んで云われるまゝにし、父もそれを許していた。

私はこの母がどこに生れ、どう云う生い立ちをした人で、どう云うきっかけから父のところへ嫁《とつ》ぐようになったのか、長い間知らなかったし、誰もそのことについて私に語ってくれる者はなかった。戸籍を調べれば何かの手がゝりが得られるであろうとは思ったけれど

も、「この人をまことの生みの母と思え、母が二人あったと考えてはならぬ」と云う父の云いつけを守り、私は進んでそう云う調査をすることを恐れてもいた。が、府立一中を出て三高へ入学する際に戸籍抄本を取る必要があったので、その時今の母の本名は「茅渟」ではなくて「経子《つね》」であることを知った。

するとその翌年、長年勤めていた乳母が、五十八歳で暇を貰って故郷の長浜へ帰ると云う時であった。或る日、多分十月の下旬、二人で下鴨神社へお参りをしたことがあったが、乳母はお賽銭を上げて拍手《かしわで》を打ち、

「もうこのお宮さんにも当分お別れでござりますなあ」

と、感慨を籠めて云ってから、

「ぼんさん、ちょっとお散歩致しまひょうか」

と、森の中の参道を葵《あおい》橋の方へ私を誘って歩いて行った。そして、何と思ったのか、

「ぼんさんはもう何でもかんでも知っとおいやすのでござりますやろ」

と、不意に妙なことを云った。

「知ってるて何のことをや」

「何のことて、お分りいしませんのやったら止めときますけど」

「まあ何のことか云うてみ」

「云うてえゝやら悪いやら」

と、乳母は変に気を持たせながら、

「ぼんさんは今のお母さんのこと、もう大概は知っとおいやすのと違いますか」

「いゝや、知らん、経子と云うのが本名やちゅうことだけは知ってる」

「どうしてそれお知りやしたのでござります」

「去年戸籍抄本取らんならんことがあったさかい」

「ほんまにそれだけしか御存知やござりまへんか」

「それ以上はなんにも知らん、お父さんも知ったらいかんて云わはるし、お前かてなんにも教えてくれへんもん、もうそのことは聞かへんことに決めてんのや」

「わたくしも御奉公致しとります間は申し上げんとおりましたけど、江州の田舎へ帰りましたら、今度いつぼんさんにお目にかゝれますや分ら致しまへんさかい、やっぱりこの事は知って、戴きます方がえゝかしらんと思います、旦那さんには内証でござりますけど」

「まあその話は止めにしといてくれ、僕はお父さんの云いつけを守った方がえゝと思う」

私は口ではそう云ったけれども、

「そうでもいずれはお分りやすこってござりますし、どうしたかて知っとおいやす方がよろしござりますえ」

と、乳母が参道を二度も三度も行ったり来たりしながら、ぽつり〳〵と洩らす言葉に惹き込まれずにはいられなかった。

「わたくしも世間の噂を聞いたゞけでござりますので、確かなこっちゃござりまへんけど」と云いながら、乳母は次のように語った。

伝聞に依ると、今の母の生れた家は、二条辺で色紙短冊筆墨の類を商っていた大きな構えの店で、今の鳩居堂《きゆうきよどう》のようなものであったと云う。だがその家は母の十歳餘りの時に倒産して、現在ではその跡も残っていない。その後母は十二歳の時に祇園の某家に養女として身を売られ、十三歳から十六歳まで舞妓をしていた。当時の藝名、藝者屋の名等も調べれば分るであろうが、乳母は知らない。そして十六の時、綾小路西洞院の木綿問屋の若主人に身請けされて、その家の嫁に迎えられたと云うのであるが、正式の妻であったとも云い、入籍はされなかったとも云う。兎に角本妻もしくは本妻同様の待遇を受けて、足掛け四年大商店の若奥様で納まっていたが、十九の年に事情があって不縁となった。事情と云うのは、その家の親達や親戚の壓迫《あつぱく》があって追い出されたのであるとも云うし、道楽者の夫に飽きられたためであるとも云う。出される時に相当な手当を貰ったものに違いないが、母は六条辺に逼塞《ひつそく》していた親達の家に戻り、二階を稽古場に当てゝ、隣り近所の娘達に茶の湯や生け花を教えて暮らした。私の父が母を知ったのはその期間のことであるらしいが、どう云う機会にどう云う風にして知り初めたのか、それから五位庵へ嫁いで来るまで二人はどこで逢っていたのか、それ等のいきさつは明かでない。父が先妻に死別してから第二の妻を迎えるまでには、二年半の月日を経ている。今度の人が昔の人の面影をどんなに伝えていたにもせよ、父はあんなに愛していた昔の人に死なれてから、一年も経ずに今の人に惹かれるようになったとは考えられないことなので、恐らく彼が今の人を迎える決心を固めたのは、早くても結婚の一年ぐらい前のことであったろう。前の人は歿年が廿三歳、今度の人は父と結婚したのが廿一歳、父は今度の人より十三年上の卅四《さんじゅうよん》歳、私は十二年下の九歳であった。

私は始めて母の素姓を明かされて、少からず好奇心を湧かすと丶もに、いろ〳〵感ずるところがあった。殊に母が十三歳から十六歳まで祇園町の妓籍にあったと云うことは、想像もしなかったことであった。尤も良家の子女として生れ、ほんの足掛け三四年の後に落籍されて大家の若奥様として暮らしたのであるから、その間にさま〴〵の教養を積んだことであろうし、尋常一様の舞妓上りとは違うけれども、それにしてもあの鷹揚な天稟《てんぴん》の性格を、よくも疵《きず》つけられることなく保って来たものと感心させられる。それにあの品のい丶、昔の町家の伝統を残している言葉遣いはどうであろう、たとい三四年でも花柳界にいたとすれば、あの社会のもの丶云い振が少しは出て来そうなものであるのに、木綿問屋にいた時分に夫や舅姑《しゅうとしゅうとめ》にやかましく仕込まれたせいでもあろうか。私の父がたま〳〵孤閨の寂寥を歎いている時にこう云う人に魅せられたのは当然であったと云ってもよく、この人ならば亡くなった妻の美徳をそのま丶引き継いでくれるであろう、そしてその人の形見である私に、母を失った悲しみを忘れさせることが出来よう、と、考えるに至ったのも自然であると云える。私は父が父自身のためばかりでなく、私のためにどんなに深く考えてくれていたかを知ることが出来た。今の母を昔の母の鋳型に篏め、私をして二人の母を一人の母と思わせるようにするためには、今の母その人の心掛けもさることながら、それは主としてなみ〳〵ならぬ父の躾《しつけ》の結果であったと云わねばならない。父は今の母と私に傾けた愛を通して、最初の母への思慕をます〳〵強めていたものと察せられる。してみると、今の母の前半生の秘密を乳母から聞かされたことは、折角の父の心づくしを無にしたようにもなるが、一面私はそれに依って父への感謝と、今の母への尊敬の念をいよ〳〵強めたのであった。

乳母がいなくなってから、女中が一人殖えて四人になった。そして明くる年の正月に、私は母が身重になっていることを知った。彼女が父に嫁いでからちょうど十一年目である。前の夫との間にも子はなかったので、この年になってこう云う経験を持とうとは、父も母自身も思い設けていなかったらしく、

「今になってこんな大《おつ》きいお腹《なか》して耻《はずか》しことやわ」

とか、

「卅越えてからの初産《ういざん》は重いちゅうやあらしまへんか」

とか、母はよくそんなことを云っていた。父も母も、今日まで子に対する愛を私一人に集注していたので、今度のことでいくらか私に気がねしているのかも知れなかったが、それ

なら大変な思い違いで、廿年間一人息子で育って来た私は、始めて兄弟を持つことが出来るのを、どんなに喜んでいたか知れないのであった。父には又、昔妊娠中に亡くなった前の母の記憶があるので、その忌まわしい思い出が、ふとした折に心を暗くしているのかとも考えられた。何にしても私が奇異に感じたことは、父も母も私の前で生れて来る子の話をしたがらない風があり、そのことに触れると妙に浮かぬ顔をしている様子がだん〳〵分って来たことであった。

「あてには紦さんちゅう子オがあったら、そいで結構やわ。こない年行《い》てから、やゝ生みたいてなこと思わへんわ」

と、母は冗談めかして云うことがあったが、私は母の性質として、心にもない照れ隠しでそんなことを云う筈がないようにも思った。

「お母さん何云うてんね、そんなてんご云うもんやあらへん」

と私は云ったが、父も何となく母の言葉を肯定しているように見えた。

医師の健康診断では、母は心臓に多少の缺陥はあるけれども、分娩に差支える程のものではなく、大体において達者な体質だと云うことで、その年の五月に男の児を生んだ。お産は自宅で行われ、私の部屋になっていた六畳の茶の間が産室にあてられた。その児は産後の肥立《ひだ》ちもよく、やがて父から「武」と云う名を与えられたが、たしかお産があってから半月ばかり後であったろう、私が学校から帰って来ると、意外なことに武はもう家にいなかった。

「お父さん、武はどこへ行ったんです」

と尋ねると、

「あの児は静市野《しずいちの》村へ児オに遣った。これにはいろんな訳があってなあ、いずれお前にも分って貰える時があると思うけど、まあ今のとこ、あんまりひつこう聞かんといとくれ。これはわし一人の考から出たこっちゃない、あの児が生れると決った日イから、お母さんとも毎晩々々相談し合うた上のこっちゃさかい、わしよりもお母さんの方がそうして欲しい云うてたんや。お前に一言の断りもせんと、そう云う処置をとったんは悪かったかも知れんが、お前に話したら却って事がこじれる思《おも》たんでな」

私は暫く茫然として父の顔を見詰めるばかりであった。前日に床上げをしたばかりの母はわざとその場を外したものらしく、姿が見えなかった。

「お母さんは？」

と云うと、

「さあ、庭の方へ出て行ったが」

と、父は空惚《そらとぼ》けて云った。

私はすぐに庭へ出てみた。母は土橋の中途にうずくまって、手を叩いて魚を呼びながら頻りに麩を投げてやっていた。私が寄って行くと、母は立ち上って池の向う側へ歩いて行き、あの薄気味の悪い羅漢の傍の青磁の墩《とん》に腰を掛けて、それと差向いのもう一つの墩に私を招いた。

「お母さん、今お父さんに聞いたけど、一体これどう云うこっちゃね」

「紀さんびっくりおしたか」

母のふっくらした豊かな頰には、いつものあの、ものに驚かない静かな微笑があった。彼女に取っては掛けがえのない、生れたばかりの最愛の児を奪い去られた親の悲しみらしいものを強いて押し隠しているにしては、あまりに曇りのない眼をしていた。

「びっくりするのが当り前やないか」

「子供は紀さん一人だけで結構やて、いつやらも云うたやないかいな」

母は先刻からの泰然とした表情を崩さずにつゞけた。

「こう云うようにしたんはお父さんの考でもあるし、あての考でもあるのえ。まあ、このことは又ゆっくり話しまひょう」

母の産室にあてられた部屋は、その夜から又私の寝間になった。私は今日の出来事の裏にある意味を、考えれば考えるほど分らなくなって、明け方近くまで寝られなかった。

ところで、こゝでちょっと、父の話の中に出た静市野村のことを記しておこう。

この村は、あの頼光や袴垂保輔《はかまだれやすすけ》や鬼童丸《きどうまる》の物語で有名な古えの市原野の附近一帯のことで、今もその字《あざ》の一つに「市原」の名をとゞめており、鞍馬行電車の停留場も「市原」と

なっている。但しこの電車が開通したのは後年のことで、父の話に出て来る頃は、京都から二三里のこの村へ行くのには人力車に依るか、そうでなければ出町から馬車で三宅八幡まで行き、そこから一里半の行程を徒歩しなければならなかった。鞍馬行電車の順序で云うと、出町から四つ目が修学院、次が山端、次が八幡前、次が岩倉、それから三つ目が市原即ち静市野村で、それから二つ目が貴船口、次が終点の鞍馬であるから、静市野村は京都よりも鞍馬の方へ寄っている。私の家は数代前から、この村の野瀬と云う農家とつきあいがあったらしいが、多分私の先祖の誰かゞこの家へ里子に遣られたと云う縁故があったのであろう。私の父の代になってからも、盆暮にはこの家の当主や女房が、毎年新鮮な野菜を車に積んで挨拶に見えた。殊にこの家の加茂茄子《かもなす》と枝豆とは市中で得られない品だったので、私の家ではその荷車が着くのを楽しみにしていた。私の方からも、秋にはしば〳〵茸山《たけやま》へ招かれて、親子三人に親戚の誰彼や乳母などが一晩泊りで出かけて行ったことがあるので、私も幼い時からあの土地に馴染んでいた。

野瀬家からその持ち山へ行く途中に、鴨川の源流の一つである鞍馬川が流れていた。京都からは餘程上りになっているとみえ、山の中腹あたりから蹴上《けあげ》のホテルの建物が遥か下の方に望まれた。徳川期の初め、藤原惺窩《せいか》は家康の招聘を断ってこの地に隠栖していたと云うことで、その家屋は残っていないが、鞍馬川の流れが一つうねっている突角に山荘の跡があった。惺窩はそのあたりに八箇所の名所を選び、枕流洞、飛鳥潭、流六渓、などゝ命名していたので、その跡もなお存していた。附近には又小野小町と深草少将の塚のある普《ふ》陀落《だらく》寺、俗に小町寺と云う寺があった。平家物語の大原御幸《おはらごこう》の条に、後白河上皇が普陀落寺に立ち寄ったと云う記事が見えるのは、この寺のことだと名所図会は云っている。謡曲の「通《かよい》小町」に、昔或る人が市原野を通りかゝったところ、薄《すゝき》が一むら生えた蔭から、「秋風の吹くにつけてもあなめ〱小野とは云はじ薄生ひけり」と云う歌の声が聞えたことを記し、「唯今の女性《によしやう》は小野の小町の幽霊と思ひ候ふ程に、かの市原野に行き、小町の跡を弔はゞやと思ひ候」とあり、又古い絵に、小町とおぼしき髑髏の眼から薄が生えているさまを描いたのを見たことがあるが、小町寺にはその歌を刻した「あなめ石」と云うものもあって、私の幼い頃まではあの辺一帯は薄が茫々と生い繁った淋しい場所であった。

武のことについて、思いがけない出来事を父と母から聞かされた数日後、私は矢も楯も溜らなくなって、一人でそっと静市野村の野瀬家を訪ねた。と云っても私は、直ちに武を奪い返して、連れ戻そうと云う程の決意があった訳ではない。父母の意向を確かめもせずに、独断でそんなことが実行出来る私ではない。私は何も知らない可哀そうな弟が、やさしい母の懐ろを離れて田舎の百姓家に連れて行かれたことが不憫でならず、兎にも角にもその無事な顔を見せて貰った上で、一応家に帰って父と母とに再考を促してみよう、もし聞かれなければ何回でも根気よく頼んでみ、又何回でも野瀬家との間を往来して武との縁を断たないようにし、武の生い立って行くさまを父や母に告げ知らせよう、そうすれば遂には親達も私の心を酌み取ってくれようと、そう考えた次第であった。

私は朝早く立って晝前に野瀬家に着き、ちょうど野良から帰って来た主人夫婦に会うことが出来たが、武に逢わして欲しいと云うと、主人夫婦はひどく当惑した面持で、

「武さんはこゝにいやはりまへん」

と云うのであった。

「こゝにいやへん？　そんなら何処に」

と云うと、

「それがなあ、それがなあ」

と、夫婦は顔を見合わせて、何と答えていゝものか思案に暮れる様子であった。しかし私が二度も三度も押し返して尋ねると、しまいに根気負けがして、

「あのぼんさんは、もっと遠い田舎の方へ預けましたんでございます」

と、まず女房が口を割った。そして云うには、生憎《あいにく》と私の家には今乳の出る女がいない、それにお宅の旦那様や奥様も、こゝよりもっと遠いところへ遣りたいと云われますので、私の懇意な、身元の確かな、さる家へ預けましたと云う。遠い田舎とはどこのことだと尋ねると、主人はます〳〵当惑して、それはお宅の旦那様や奥様が御存知ですから、そちらでお聞きになって下さい、私の口からは申せませぬと云う。

「萬が一若旦那さんが聞きにおいでやしても、云うたらいかんと仰《お》っしゃりましてゞござ

ります」

と、女房も傍から口を添えたが、それでも私は漸くのことで、その田舎とは芹生《せりふ》の里であることを聞き出したのであった。

地唄の文句にも「わしが在所は京の田舎の片ほとり八瀬や大原や芹生の里」と云ってあり、寺子屋の芝居でも「中に交る菅秀才、武部源蔵夫婦の者、いたはり冊《かしづ》き我が子ぞと、人目に見せで片山里、芹生の里へところがへ」など丶云っている。但しその芹生は今では草生《くさお》と云って、静市野村から江文《えぶみ》峠を越えて大原へ出る途中にあるが、こ丶で野瀬家の夫婦が教えた芹生と云うのはそこのことではなく、丹波の桑田郡に属する、もっと〳〵山奥の、ずっと辺鄙な黒田村の芹生のことなのであった。そこへ行くには貴船口から貴船へ出、山城と丹波の国境にある芹生峠を越えるのであるが、貴船から芹生に至る二里の間には一軒の家もない。途中の峠も、江文峠は低い峠だそうであるが、芹生峠はその倍以上も高い難所であると云う。それにしても私の親達は、何の理由があって私の幼い弟をそんなところへ預けたのであろうか。菅秀才が匿《かくま》われたのは「片山里」でも「京の田舎の片ほとり」であるが、武はどうして丹波の山の中などへ隠し去られたのであろうか。私はその日、すぐその足で武の所在を突き止めずにはおかないつもりであったが、芹生とばかりで家の名を教えてくれないのでは一軒々々尋ねて廻らねばならないし、第一これから貴船へ出て、そんな嶮《けわ》しい山坂を越えて行ける訳のものではない。今日は一応引き返すより仕方がないと諦めた私は、すっかり落胆して今朝来た道を下鴨へ戻った。

それから二三日の間、父母と私は気まずい気持で夕餉の膳に向っても互に口が重かった。私が静市野村へ行ったことは、野瀬家から知らせがあったかどうか、父母は何とも云わなかったし、私もそのことに触れなかった。母は乳が張って困るらしく、とき〴〵茶席に姿を隠して搾乳器で乳を搾ったり、乳揉みを呼んで揉ませたりしていた。父はこのところ健康がすぐれぬらしく、勾欄の間に支那製の紅い張子の枕を持ち出して書寝をしたり、微熱でもあるのか検温器を挟んだりしていた。私はいずれ近日中に芹生へ行ってみるつもりで、二三日家を留守にする口実などを考えていたが、祖父が自慢にしていたと云う合歓《ねむ》の花が咲いていたから、六月中の或る日のことであったろう、私がふと、合歓亭で書見をするつもりで、アンナ・カレニナの英訳本を携えて、その合歓の花の咲いている庭の方から上って行くと、思いがけなくも母が一人で八畳の間の縁先に近く、茶色の皮の座布団を敷いて乳を搾っていた。母はこの頃茶席で乳を搾っていたので、合歓亭でこんな恰好をしていようとは、思いもよらないことであった。偶然私は、胸をはだけて少しいずまいを崩している母の、二つの乳房を真正面から見てしまい、はっとして庭へ降りようとすると、

「糺さん」

と、母がいつもの騒ぐ気色もなく云った。

「糺さん、まあそこにおいいな」

「又後で来る。こんなとこにお母さんがいるて思わなんだ」

「お茶室は屋根が低うて暑いさかい、こゝ使わして貰《もろ》てるのえ。あんたその本読みにおいなはったのか」

「後で来るわ」

私が狼狽の色を示して又行きかけると、

「行かいでもえゝ、もう直き済む、そこにおいいな」

と、母はもう一度押しとゞめた。

「これ見とおみ、こない乳が張って、痛うて〳〵かなんのえ」

そう云っても私が黙っていると、重ねて云った。

「あんた十三か四イの頃まで、この乳舐《ねぶ》っておいたの覚えといるやろな。なんぼ吸うたかて出えへんちゅうて駄々けたやないか」

母は左の乳首に当てゝいた搾乳器を、右の乳首に当てた。ガラスの容器の中で乳房が一ぱいにふくれ上り、乳が乳首から幾筋にもなって噴き出た。母はそれをコップに移して、私の前にかざして見せた。

「今にやゝが出来《でけ》て、乳が仰山出るようになったら糺さんにも吸わしたげるて、云うたことがあったえな、なあ糺さん」

私は少し冷静さを取り戻して母のすることに眼を注いでいたが、それでもなお答える術《すべ》を知らなかった。

「あんた、乳の味今でも覚えといるか」

私は声を出すかわりに、俯いて首を振ってみせた。

「そな、これ飲んどおみ」

母は乳の溜っているコップを、私の方へ差出して云った。

「さ、飲んどおみ」

途端に、私より先に私の手が動いてそれを受け取ったと思うと、私は白い甘い液汁の二三滴を口腔に含んでいた。

「どうえ、昔の味お思い出したか。あんた五つになるまで前のお母さんの乳吸うておいたそうやないか」

今の母が私に対して自分と先妻とを区別する言葉を遣い、「前のお母さん」と云ったのは珍しいことであった。

「あんた今でも乳吸うたりお出来《でけ》るやろか、吸えるのやったら吸わしたげるえ」

母は一方の乳房を摑んで、乳首を私の方へ向けた。

「吸えるかどうや試しとおみ」

私は母の膝頭に私の膝頭をぴったり摺り寄せ、襟を掻き分けて乳首を唇のあわいへ挿し入れた。最初はなか〳〵乳が出て来てくれなかったが、舐っているうちに私の舌の働きは昔

孝

の動作を呼び返した。私の身の丈は母より四五寸伸びていたが、私は身を屈めて懐ろの中へ顔を埋め、湧き出る乳をこんこんと貪り吸った。そして思わず、

「お母ちゃん」

と、甘ったれた声を出した。

母と私とが抱き合っていた間は半時間ぐらいだったであろう、

「もう今日はこれでえゝやろ」

と、母が乳房を私の口から引き離すと、私は母を突き除けるようにして縁から降り、物も云わずに庭へ逃げた。

それにしても、今日の母の行動にはどう云う意味があったのだろうか。母と私とが合歓亭で逢ったのは偶然であるから、計畫的に仕組んだのでないことは分っている。とすると、母は突然私に行き逢い、急に私を狼狽させて困らせてみたくなったのであろうか。今日の出逢いが私に意外であったように、母にも意外だったので、云わば一種の出来心で、あんな悪戯《あくぎ》をする気持になったのであろうか。だがそれにしては、母のしぐさは餘りに落ち着き拂っていた。特に異常なことをしていると云った風はなかった。仮にこゝへもう一人誰かゞ這入って来たとしても、母は平気でいたかも知れない。母は私を、身なりこそ大きくなっても、十三四歳の時と同じに思っているのかも知れない。母の心理は私には一つの謎であったが、私自身のしたことは明かに常軌を逸していた。思いもかけず母の乳房を真正

面から見た瞬間、忽《たちま》ち懐しい夢の世界が戻って来て、過去の回想の数々が私を捉えてしまったところへ、母から誘いの言葉をかけられ、コップの乳をさえ飲まされたので、ついあのような物狂おしい行動に出たのであった。私はこう云う狂気染みた心が自分の何処に潜んでいたのか不思議でならず、恥しさに身の置きどころがなく、池の周りを一人で行ったり来たりした。しかし私は今日の過ちを自ら悔い、責める一面に、もう一度それを、いや一度ならず二度でも三度でも、犯してみたい気もしたのであった。少くとも私は今日と同じ情景の中に置かれ、母から誘いをかけられたら、それを拒む勇気はなかった。

私はその出来事があってからは、つとめて合歓亭の方へ行かないようにしていたが、母もいくらか気がさしたのか、それ以後は又茶席を使うようにしているらしかった。私の心をこの間まで大きく占領していた念願、武の所在を突き止めるために芹生へ行こうと云う考は、どう云う訳か母との事があってからは、そう強いものではなくなっていた。私はそれよりも、親達が武について左様な処置を取った理由を先《ま》ず第一に極《きわ》めたいと思った。一体それは、父から出た考であるのか母から出た考であるのか。さし当り推量出来ることは、今の母が前の母への遠慮から、自分の生んだ子を家に置くまいとしたのではないか。そうして父もその心づかいに賛成したのではないか。父の先妻に対する思慕は今も絶大なものがあるに違いなく、その形見としての私以外に子を儲けては、亡くなった人に済まぬと云う考慮があり、今の母もそれを支持して自らの子を棄てたのではあるまいか。今の母に取って、それは父への献身的な愛の表現ではあるけれども、彼女自身も自分の子よりは私の方が餘計可愛いのではないか。そう云う風に取るより外に、私は考えようがなかった。だがそれならば、前以て私に一言打ち明けてくれてもよかったであろうものを、あゝ秘密に、行く先も告げずに隠してしまったのはどう云う訳か。

父が近頃健康を害しているらしいことは前に述べたが、私はそれが何か関係があるのではないかと云う気がした。父は去年の暮れあたりから血色が悪く、少しずつ痩せが目立っていた。咳や痰はしなかったけれども、微熱があるらしいところを見ると、胸の疾患ではないかと思えた。父のかゝりつけの医師は寺町今出川の加藤と云う人で、父は最初のうちは往診を求めたことはなく、「ちょっと散歩に行って来る」と、とき〴〵こっそりと電車で診て貰いに行っていたが、私がそれを嗅ぎつけたのは今年になってからであった。

「お父さん、どこぞ悪いのか」

と尋ねると、

「いや、別に」

と、父はいつも曖昧に云っていたが、

「そやけど加藤医院の薬があるやないか」

と云うと、

「何、大したことやない、ちいと手水《ちょうず》の出エが悪いのや」

「そしたら膀胱炎みたいなもんやろか」

「うん、まあそんなもんらしい」

と云っていた。

父が頻尿に陥っていることは漸く誰の眼にも著しかった。それとなく注意していると、可なりたび〳〵便所に通う。血色もます〳〵悪くなりつゝある。食欲もさっぱりない。入梅が明けて土用に入ってから、晝は大儀そうにごろ寝をしていることが多く、日が暮れてからは池の床へ出て食事をしたゝめることがあっても、母や私への手前無理に勤めているようで、元気がなかった。

「父は自分では膀胱炎だと云っているんですが、ほんとうにそれだけのことなんでしょうか」

私は父が病名を明かにせず、医師へ通うのをさえ内密にしているのに疑いを抱き、密かに加藤医院を訪ねて院長に問うたことがあった。

「膀胱炎もあることはあるんですが、そんならあんたは、お父さんから何も聞いておいでやないのですか」

と、幼い時から昵懇《じっこん》にしている加藤氏は、聊《いさゝ》か意外と云う顔つきで云った。

「御承知の通り父は何事も引っ込み思案で秘密主義なので、自分の病気の状態などはなか〳〵話してくれないんです」

加藤氏は「そりゃ困ったな」と云って、「実は私は、お父さんの御病気の実際を、御当人にそう露骨には申し上げてないけれども、大凡《おゝよ》そ分るようには匂わしてあります。だからお父さんもお母さんも大体の覚悟はしていらっしゃるらしいのですが、なぜそのことをあなたに隠しておられるのか、私には分らない。多分あなたに、早くから無用な悲しみをさせたくないと云うおつもりかも知れない。しかし私には私の立場もあるから、あなたがそれ程心配しておられるのに、隠しておくのもどうかと考える。お宅と私とは昨日や今日のつきあいではなく、御先代からの関係もあることだから、こゝで私が独断を以てお知らせしても差支えないと思います」とそう云って、「こう云えばもうお察しがついたでしょうが、甚だお気の毒ながら、お父さんの御容態はどうも芳ばしくないのです」と、次のようなことを打ち明けてくれた。

父が自分の健康状態に異変を認めて、始めて加藤氏方へ診察を乞いに来たのは、去年の秋頃のことであった。父の訴えは、尿に血が交って出る、排尿後に必ず不快感が伴う、下腹部に重壓感がある、常に微熱がある、等々であったが、加藤氏はその時既に触診に依って左右の腎臓が腫れているのを認めた。尿に結核菌が混じていることも分った。これは厄介なことになったと思ったが、氏はその方の専門でないから大学の泌尿科へ行って検査を受け、レントゲンを撮って貰うようにすゝめた。父は気が進まないらしく、億劫《おっくう》がって容易に検査に出掛けなかったが、加藤氏が再三すゝめて泌尿科の友人宛に紹介状を書いて渡すと、漸く出掛けた。その翌々日加藤氏はその友人から検査の結果を聞くことが出来たが、膀胱鏡で調べたところも、レントゲン写真の示すところも、加藤氏が密かに恐れていた通り、腎臓結核で、しかも致命的な症状であることが明かになった。と云うのは、どちらか片側の腎臓が冒されているのであったら、それを摘出すれば一応は助かる望みがある。尤もそれでも豫後が悪くて三四割は死ぬのである。然るに父の場合は不幸にして左右の腎臓が冒されているので、如何ともし難い。現在は外出も可能で、それ程の病人ではないように見えるが、いずれは寝着くようになり、長くても今後一二年の命である。加藤氏は、「これはなか〱油断のならん病気ですから軽う考えてはいけませんな。これからは私の方から週に一二回伺いますから、なるべくお宅で安静にしていられる方がよろしいでしょうな」と、その時父に遠廻しに警告し、なお次のような問答を遣り取りした。

「そしてこの際特に御注意申したいのは、夫婦間の交りを慎んでいたゞくことですな。今のところ空気伝染の恐れはありませんから、外の家族は心配ありませんが、奥さんは気をおつけにならんと」

「とすると、やっぱり結核みたいなもんやのですか」

「まあ、そうですが、肺結核ではないのです」

「そんなら、どこの結核やのです」

「結核菌が腎臓を冒してるのです。しかし腎臓は二つありますから、一つが冒されてもそう慌てることはありません」

加藤氏が辛うじてその場を糊塗すると、父は諒承して、

「分りました、御忠告の件はその通りに致します。ですが体の動ける間は散歩する方が気晴らしになりますので、私の方から伺います」

と云い、その後も依然自分の方から診て貰いに来、往診に来られることを喜ばぬ風であった。来る時は大概一人であったが、たまには母が附き添うて来た。加藤氏は父の病状を有りのまゝに母に知らせておく必要があることを考慮しながら、適当な折がなくて過していたが、

「先生、これで私はあとどのくらい持つもんですやろかな」

と、或る日父がひょっこりと云い出したことがあった。

「何でそんなこと仰っしゃるんです」

と、加藤氏が云うと、父は薄笑いを浮かべながら、

「お隠しにならいでもよろしいがな、私には最初からそう云う豫感がしてましたんや」

「何で？」

「何でや分りません、動物的な直覚とでも云うのでしょうかな、たゞ何とのうそう云う感じがありました。なあ先生、私は分ってますさかい、ほんまのことを云うて下さい」

父の性格を呑み込んでいる加藤氏は、父の云うことをその言葉通りに受けた。父は昔から

勘の鋭い男であるから、自分の運命を疾《と》うから豫知していたのかも知れない。加藤氏や大学の医師達の父に対するもの丶云い振や取り扱い振からでも、父は自分の病気の性質を察知せずにはいなかったであろう。加藤氏は、遅かれ早かれ、どうせこのことは父自身にか、家族の一員にか打ち明けなければならないのであるから、父にそれだけの覚悟があるなら、今打ち明けてしまった方がよいかも知れない、と、そう考えて、父の言葉に強いて逆らわず、それを婉曲に肯定する返事をした。

以上が、加藤氏が私に告げてくれたところのすべてゞあるが、なお付け加えて、この病気は最後に肺を冒すようになる場合が多いから、奥さん以外の方々も気をおつけになる方がよいとのことであった。

さて、これから先は、私として少々述べにくいことを述べなければならない。

私は仮にこの物語に「夢の浮橋」と云う題を与え、しろうとながら小説を書くように書き続けて来たが、上に記して来たところは悉《こと〴〵》く私の家庭内に起った真実の事柄のみで、虚偽は一つも交えてない。が、何のためにこれを書く気になったかと問われても、私には答えられない。私は別に、人に読んで貰いたいと云う気があって書くのではない。少くともこの物語は、私が生きている間は誰にも見せないつもりであるが、もし死後に於いて何人かの眼に触れたとしたら、それも悪くはないであろうし、誰にも読まれずに葬り去られたとしても、遺憾はない。私はたゞ書くこと自身に興味を抱き、過去の出来事を一つ〳〵振り返って思い出してみることが、自分自身に楽しいのに過ぎない。尤も、こゝに記すところのすべてが真実で、虚偽や歪曲は聊かも交えてないが、そう云っても真実にも限度があり、これ以上は書く訳に行かないと云う停止線がある。だから私は、決して虚偽は書かないが、真実のすべてを書きはしない。父のため、母のため、私自身のため、等々を慮《おもんぱか》って、その一部分を書かずにおくこともあるかも知れない。真実のすべてを語らないことは即ち虚偽を語ることである、と云う人があるなら、それはその人の解釈のしようで、敢てそれに反対はしない。

父の体の状態について、加藤氏が私に打ち明けてくれた談話は、私に止めどもなくさま〴〵な、或は奇怪と云ってもいゝ妄想を描かせた。父が自分の不幸な運命を悟った時が去年の秋であったとすると、その時父の歳が四十四歳、母の歳が卅一歳、私の歳が十九歳である。卅一歳と云うけれども、母は見たところ廿六七歳の若さで、私とは姉弟のようにしか見えなかった。ふと私は、去年乳母が暇を取る時、糺の森の参道を歩きながら私に洩らした今の母の前半生の物語を思い起した。あの時乳母は「旦那さんには内証でござりますけど」と云っていたが、或はあれは、父が乳母に命じて殊更に云わせたのではあるまいか。父は今後何かの場合に、私の頭の中でつながっている生みの母とまゝ母との連絡を、こゝらで一応断ち切っておいた方がいゝと考える理由があったのではないか。私は又、この間の合歓亭での出来事をも思い起した。あれもあの時は偶然のように思えたけれども、あゝ云うことが偶然起り得るように、前から父が計畫していたのではないか。少くとも母は、父に無断であゝ云う戯れをしたのではないのかも知れない。実は私はあれから暫く合歓亭へ近づかなかったが、半月ほど経て又母の乳を吸いに行ったことが一二度あった。父が不在の時もあったし、在宅中の時もあったが、いずれにしても父が母のそう云う行為を知らないでいた筈はないし、母も父に隠れてしていた筈はない。父は自分の死後のことを慮って、母と私との結び着きをより一層密接にさせ、父の歿後は私を父同様に思うように母に諭し、母もそれに異存がなかったのではあるまいか。私はこれ以上のことは云えない。が、武を芹生へ遣ったことなども、そう考えると理解出来る。私は父や母に対して途方もない推測をしたようであるが、この事はなお後段に、父が自ら死の床に於いて語るであろう。母が父の命数の限られていることをはっきりと知ったのはいつのことか、父は自分がそのことを悟ると同時に母にも知らせたのであるか、その点は私には分らない。しかしいつぞや合歓亭で、母が「前のお母さん」と云う語を使った時は、不用意に使った如くであって実は故意に使ったのではないかと思える。いや、五月に武を生み落す以前に、母は父から父の運命を聞かされていたに違いあるまい。そして夫婦は互に先の先までを見通した上で、あからさまには語り合わずとも暗黙の諒解のもとに、武を里子に出したのではないか。たゞ不思議なのは、数箇月後に迫っている筈の父との別れについて、母が私のいる前ではそんなに悲歎している様子を見せなかったことである。母は喜怒哀楽をあまり顕著に表わさない性格なので、心の中の悲しみを、あのぼっちゃりした圓満な顔にやんわり包んでいたのであろうか。それとも私に取り乱したさまを見せてはならないと、強いて怺《こら》えていたのであろうか。いつ見ても母は冴えた乾いた眼をしていた。ぼうっとしているようで案外複雑なところがあるらしい母の気持は、私には今以てよく分らない。いよ〳〵臨終の時が来るまで、母は一度も父の死について私と語り合う機会を作ってくれなかった。

父が意地にも起き上る元気がなくなり、全く病床の人となったのは八月に這入ってからであった。もうその時は全身に浮腫が来ていた。加藤医師は毎日か隔日ぐらいに缺かさず来た。病人の衰弱は日を追うて募り、起き上って物を食べる意慾もなく、母は片時も枕頭を離れなかった。「看護婦をお雇いになったら」と加藤氏はすゝめたが、母は「私が致します」と云って他人には触らせなかった。それは又父の希望でもあるらしかった。三度の食事の世話、と云っても、ほんの一と口か二口食べるだけであったが、母はいろ〳〵考えて、父の好物の鮎の鮨や鱧《はも》の鮨を取り寄せては与えた。頻尿が激しくなるにつれ、殆ど絶えず溲瓶《しゅびん》を差入れねばならなかった。暑熱の折柄で、病人が褥瘡《じょくそう》の苦を訴える毎にその手当もしなければならなかった。とき〴〵アルコールを薄めて全身を拭いてやる必要もあった。そう云うことに母は聊かの骨身も惜しまず、何もかも手ずからした。病人は母以外の者が手出しをすると苦情を云ったが、母のしてくれることには一言の不平も述べなかった。痼が亢《たかぶ》って些細なことも耳につくらしく、庭の添水の音をさえ喧しいと云って、止めさせた。

用事以外は一切しゃべらないようになったが、それでも母の言葉にだけは答えた。たまに親戚や知人が見舞に来たが、それらの人にも会いたがらなかった。母は夜晝休む暇もなかったが、よく〳〵疲れると、手伝いに来ていた私の乳母が代りを勤めた。私は母にこんな我慢強い、辛労に耐える一面があるのを知って驚いた。

母と私とが父の枕元へ呼ばれたのは九月の下旬、その前日に珍しい豪雨があって、土地の人の云う「せみの小川」が氾濫し、池へ逆流して池の水が泥のように濁っていた日のことであった。仰向けに臥ていた父は、母と私に云い付けて体を横向きに、私達の顔がよく見える位置に向き直らせ、

「糺、お前こゝへおいで。お母さんはそこで聞いてゝくれたらえゝ」

と、私を傍近く招いて云った。

「わしはもう長いことはない。これが定命《じようみよう》やさかい諦《あきら》めている。あの世へ行ったら、前のお母さんが待ってるやろさかい、久し振で逢えると思うと嬉しい。それよりわしは、このお母さんが気の毒でならぬ。このお母さんはまだ〳〵先が長いのに、わしがいんようになったら、お前より外に頼りにするもんは一人もない。ついてはお前、このお母さんを、このお母さん一人だけを、大事にしたげてくれ。お前の顔はわしの顔によう似てると皆がそう云う。わしもほんにそうやと思う。お前は年を取れば取る程わしに似て来る。お母さんはお前がいたら、わしがいるのと同じように思う。お前はお母さんをそう云う風にして

上げることを、この世の中でのお前の唯一の生き甲斐にして、外に何の幸福も要らぬ、と云う心になってくれんか」

父の眼は、私の眼の中をいつまでも探るように見据えた。私は父とこんなにも眼と眼を近寄せて深い直視を受けたことはなかった。私はその眼の示す意味を十分に解し得たとは思わなかったが、私が一応頷いて見せると、父はほっとして息をついた。そして数分間口をつぐみ、ゆっくり呼吸を整えてから続けた。

「それで、お母さんを仕合せにするためには、お前が嫁を貰う必要があるが、それはお前のための嫁ではのうて、夫婦でお母さんに仕えるための嫁でないといかん。それにはあの、梶川の娘のお沢と云う子、あの子を考えてるのやが」

と、そう父は云った。

この梶川と云うのは、私の家に出入りしている植木屋で、植辰と云う者のことであった。祖父の時代にこの五位庵の造園をしたのは植惣であるが、梶川の先代は植惣の弟子で、師匠の植惣が死んでからこの庭の仕事を受け継いでいた。私は当主の梶川はよく知っていた。祖父の時代には植木屋が毎日のように這入っていたそうであるが、父の代になってからも月に何回か職人が出入りしていたので、植辰の親爺とは顔馴染みであった。娘の澤子もまだ女学校の時分から毎年葵祭の時に遊びに来るので、満更知らぬ顔ではなかった。細面の、色白の、瓜核顔《うりざね》の浮世絵式容貌で、人に依ってはあゝ云う顔を美人と感じるかも知れない。

殊に女学校を卒業してからは、ひどく厚化粧をして一際目《ひときわ》につくようになっていた。地色があんなに白いのにあゝこってりと塗らないでもと思っていたところ、一昨年の盂蘭盆《うらぼん》に加茂の堤へ大文字を見に行った帰りだと云って立ち寄り、餘り汗だらけになったからと云って風呂に漬かったことがあったが、その時私は湯上りの彼女と擦れ違い、頰に少しばかり雀斑《そばかす》のあるのを見つけて、厚化粧はあのためなのだなと思ったりした。その後私は久しくこの娘に逢わなかったが、先達《せんだって》、この十日程前に親爺と二人で病気見舞に来たのを見かけ、ちょっと気になったことがあった。と云うのは、大概の客には会わない父がこの親子を病室へ通して二三十分も話していたので、これは何かだなと悟った訳で、今日の父の言葉を全然唐突には受け取らなかった。

「あの児オのことはお前も大体知ってるやろがな」

と、父は澤子の生い立ちや気立てについて簡略な説明をしてくれたが、私も前から聞き込んでいたことがあるので、別に新しい事実はなかった。彼女が私と同い年の、明治卅九年生れの廿歳であること、今から三年前、府立第二女学校を優良の成績で卒業した才媛であること、卒業後も種々な稽古事に励み、植木屋の娘にしては出来過ぎる程いろ〳〵な藝能を身につけていること、だからどんな立派な家庭へも嫁げる資格はあるのだが、気の毒なことに明治卅九年と云うと丙午《ひのえうま》の生れなので、今日まで思わしい縁がないこと、等々は、私もかねてから知っていたが、父はその澤子を妻に持てと云うのであった。そして云うには、先方はもう当人も親達もこの申し出でに喜んで応じる意志がある、お前さえうんと云ってくれゝば成り立つ、たゞその場合、もう一つお前に聴いて貰いたい条件がある、それは外でもないが、お母さんがお前のために自分の生んだ児を餘所《よそ》へ預けたように、お前ももし子供が生れたら家に置かないことだ、こんなことは、嫁や嫁の親達に今から知らすには及ばない、その必要が起るまでお前の胸に納めておけばいゝ、結婚は早いに越したことはないから、一周忌が済んだら直ちに式を挙げること、差当り然るべき仲人を思い当らないのだが、これは梶川とお前達とが相談して決めたらいゝ、と云うのであった。

これだけの長話をした父は、私に応諾の色があるのを見とゞけると、俄《にわか》に安心したように眼を閉じて溜息をした。母と私とはもう一度父の体を仰臥の姿勢に向け直した。

父はその翌日から尿が止まり、尿毒症の症状を呈した。食物も全く通らなくなり、意識が混濁し、とき〴〵訳の分らない譫言《うわごと》を云った。そうなってから三日間ばかり、十月の初めまで生きていたが、譫言の中で私達にどうにかこうにか聞き取れたのは、

「茅渟」

と、母の名を呼ぶ声と、とぎれ〳〵に、

「ゆめの………ゆめの………」

と云ったり、

「………うきはし………うきはし………」

と云ったりする声であった。それが私の聞くことを得た父の最後の言葉であった。八月に田舎から出て来て父の看護を手伝ってくれていた乳母は、十月の上旬、初七日の佛事が済むと帰って行った。卅五日、四十九日の佛事までは父方母方の人々が見え、久し振の顔が揃う折もあったが、それもだん〳〵に減って行き、百箇日には二三人しか来てくれなかった。明くる年の春、私は三高から大学の法科に這入った。客嫌いの父がいなくなってから、それでなくても訪客の少い五位庵を訪れる人はいよ〳〵稀に、梶川の親子だけが週に一度ぐらい来た。母は終日家に籠って、佛前で父の菩提を弔い、退屈するとあの遺愛の琴を持ち出して奏でた。あまり淋しいので、母はあれきり途絶えていた添水の水音を復活させることにして、梶川に云いつけて青竹を切って来させた。あのパタン〳〵と云うなつかしい音が又聞えるようになった。母は去年の父の病中も、さして看護疲れの様子を見せず、臨終から引き続いての後々の法事の間も、常にしゃんとして人々に応対をし、相変らず色艶のいゝ、豊かな頰をしていたが、それが今頃になって少し疲れが出たと見えて、おり〳〵女中達に肩や足腰を揉ませていた。時には澤子が居合わせて、

「奥さん、私にさしとくりやす」

と、母を揉んでいることがあった。

ちょうど合歓の花が咲き初めた或る日、私は母と澤子とが合歓亭にいるのを知って這入って行くと、いつもの座敷に母があの皮の座布団を二枚敷いてごろ寝をし、澤子が頻りに腕

を揉んでいた。

「澤子さんはえらい按摩が上手やねやな」

私がそう云うと、母が云った。

「ほんに上手え。本職の按摩はんかてこない巧いこと行かへんえ。こうして貰《もろ》てると、とろ〳〵とろ〳〵眠とうなって、何とも云えん気イやわ」

「成る程手つきが上手そうなな。澤子さん、あんた稽古したことあんのか」

「稽古てしたことあらしませんけど、毎日ちゅうてえゝほど父や母の肩揉まされてますねやわ」

「そうやろえな、これやったらくろうと裸足《はだし》どすえ。糺さんあんたもして貰《もろ》とおみ」

「僕は按摩みたいなもんもうよろし。それより僕も澤子さんの弟子になって、揉み方教《おせ》て貰おうか知らん」

「教《おせ》てもろて、どうおしる」

「教てもろたらお母さん揉んだげるわ。僕かてそれぐらいのこと出来《でけ》へんことないやろ」

「そんなてんこつな手エでやったら、痛うて仕様がないわ」

「僕は男のわりに手が柔《やら》かいのやがな。なあ澤子さん、ちょっと触ってみて下さい」

「どれ、どれ」

と、澤子は私の指を握ったり手のひらを撫でてみたりしながら云った。

「ほんに、何ちゅう華奢な、しんなりした手エしといやすのどっしゃろ。これやったら行けまっせ、ほんまに」

「僕は男の癖にスポーツちゅうもん餘《あんま》りせえへんさかいな」

「かんどころさえ呑み込んどくりやしたら、すぐお上手におなりやすわ」

それから私と澤子とは母の肩だの背中だのを稽古台にして、暫く揉み療治の稽古をした。母はとき〴〵楾《くすぐ》ったがってきゃっ〳〵と云った。

七月になると床を池へ持ち出して、母と私と澤子と三人で夕涼みをした。私が父の代りをして添水の水の落ち口までビールを浸しに行った。母も行ける口なので、私がすゝめるとコップに二三杯は干したが、澤子は「堪《か》忍《に》しとくりやす」と、お酌の方にばかり廻った。母が素足を水に漬けて、

「澤子さん、あんたもこうしとおみやす、ひいやりしてえゝ気持どっせ」

と云っても、澤子はきちんと平絽の単衣《ひとえ》に献上の帯を締め、ピッチリと穿いた白足袋の足を崩そうとせず、

「まあ奥さんのお御足《みや》の美しこと。そんなお御足のねきへ私の不細工な足みたいなもん並べられしまへんわ」

など、云った。

私の眼からは、澤子は控え目過ぎるように思えた。将来自分の姑《しゅうとめ》になるべき人に対して、

もう少しからっと打ち明けたところがあってくれてもいゝのに、精一杯母の機嫌を取って勤め過ぎる様子があり、言葉のふし〴〵に空々しいところがないでもなかった。私に対する態度なども、女学校を出た娘にしては時代後れで、封建的で、結婚したら変るのかも知れないが、今のところでは何処迄も主従関係と云う気持を忘れずにいた。尤も彼女のそう云う点が父の眼がねに叶ったのであろうし、母が陽性な人だったので、対照的にそう見えたのかも知れないが、母子二人きりの家庭に若い娘が加わったにしては、何となく物足りなかった。

合歓亭の合歓や柘榴《ざくろ》の花が散って一二箇月後、百日紅《さるすべり》が咲き初めて芭蕉の実が実る頃になると、私はどうやら按摩の技術を一通り身につけてしまった。私はしば〳〵、

「お母さん、揉んだげるさかい来やへんか」

と、母を合歓亭へ誘ったが、

「そな、ちょっと頼みまっさ」

と、母もいつも応じた。澤子がいない時は勿論であるが、いる時でも、

「僕にさしてんか、あんた見てなさい」

と、私は澤子を押し除けて揉んだ。乳を吸わせて貰った昔が忘れられない私は、そうして母の肉体を衣《きぬ》の上から揉みほごすことが、今では唯一の楽しみであった。いつも束髪に結っていた澤子は、その頃はとき〴〵高島田に結って来たが、浮世絵式の彼女の顔がその髪

形によく映った。彼女は私の父の一周忌が近づくので、その時の用意であるらしかったが、母も当日の衣裳として、綸子《りんず》の古代紫に葵の裾模様のある訪問着と、秋草模様の塩瀬の染め丸帯を誂えたりしていた。

一周忌の法事は百萬遍のお寺で営まれ、庫裡《くり》の大廣間で参会者に食事を出したが、母も私も、親戚の人々の我々に対する素振が頗る《すこぶ》冷淡で餘所《よそ》々々しく、焼香が済むと食事の席に加わらないで立ち去る者もあるのに心づいた。いったい私の親戚の人々は、亡くなった父が舞妓上りの人を二度目の妻に迎えた当時から、我々の一家に妙な反感と軽蔑の念を抱いていたのであった。そこへ持って来て、今度私が梶川の娘と婚約したのであるから、物議を醸《かも》すであろうことは豫想されないではなかったが、それでもこんなに素っ気なくあしらわれようとは思っていなかった。母は得意の超然とした応待振で押し通していたが、折角裾模様を着飾って来た澤子は、はたの見る眼も気の毒なほど萎《しお》れ返っていた。

「お母さん、これでは僕の婚礼の日イが思いやられるなあ、あの人等来てくれるやろか」

「そんなこと、気イにおしいでもえゝやないか。あの人等のために婚礼するのやあらへん。あてら親子三人が巧いこと行きさえしたらえゝのやさかい」

母は大して気に留めていない風であったが、親類の人々の反感は、私が想像していたよりももっと根の深いものであることが、やがて分った。

法事に参列した長浜の乳母が二三日して国へ帰ると云う日の朝、

「ぼんさん、その辺をお歩きやさ致しまへんか」

と、私は又森の中へ誘い出された。

「ばあ、何ぞ話があんのか」

と云うと、

「さいでござります」

と云う。

「そんなら大概分ってる、僕の祝言のことやろがな」

「それだけやあら致しまへん」

「何やね、そしたら」

「それがなあ、………ぼんさん、お怒りやしたらかないまへんけど」

「怒らへん、云うてみ」

「どうせこれは何処ぞからお耳に這入りますこってっしゃろさかい、やっぱりわたくしから お話した方がえゝやろと存じます」

そう云って乳母は、ぽつり〳〵次のようなことを知らせた。

私の親戚の人々が今度の結婚に反対なのは勿論であるが、彼等が私達を悪しざまに云う理由は、そんなことにだけあるのではない。彼等の批難は梶川との縁組より先に、私達母子に向けられている。つまり、あけすけに云えば、彼等は母と私との間に不倫な関係があると信じているのである。彼等に云わせると、その関係は父が存生中からのことで、父も自分が再起出来ないことを悟ってから、それを大目に見ていたらしい、いや事に依ると、そうなることを望んでいたらしい、それどころか、人目を忍んで丹波の田舎へ里子に遣られた武と云う子は誰の子なのか、あれは父の子ではなくて忰《せがれ》の子なのではないか、と、そんな浮説を流す者さえある、と云うのである。近頃めったに寄りついたこともない彼等が、誰からどう云う噂を聞いて左様な臆測をするようになったのか、私には不思議であったが、乳母の話では、この界隈では餘程前から皆がそう云う噂をしていた、母と私とがとき〴〵二人きりで合歓亭に籠ることなども、この近所では誰知らぬ者もいない、だから当然そう云う噂が伝わらぬ筈はない、父が生前に澤子との縁談を取り決めたのは、梶川家の丙午の娘でゞもなければ嫁に来てがないことを知っていたからである、そして一層怪《け》しからぬことには、不倫な関係を今後も継続させて行くためには、忰に形式上の嫁を持たせて世間を欺く必要があると考えたのである、梶川の親爺はそう云う事情を百も承知の上で娘を嫁に遣るのであり、娘も父の意を体して嫁ごうとするのであるが、それはこの家の資産が目当てゞあることは云う迄もない、そこで、第一に言語道断なのは亡くなった私の父、次が母、次が私、次が梶川の父、次がその娘、と云う順序になる、と、親戚の人々は考えている。

「ぼんさん、気イおつけやすや、世間の口に戸オは立てられんて云いますけど、人は他人のことになると、えらいこと云うもんでござりまっせなあ」

乳母は語り終ると、ちらりと妙な横眼を使って私を見た。

「無責任な人の噂みたいなもん、直きに忘れられてしまうもんやぜ、何とでも勝手に云わしとくねやな」

私はそう答えて、

「そな、来月の婚礼には又出て来てくれるやろな」

と云って別れた。

これから先の事柄を、私はあまり詳細に記す興味を持たない。たゞ重要な出来事だけを掻い摘んで述べることにしよう。

澤子との結婚式は、その年の十一月の吉日を選んで挙げられた。花聟《はなむこ》の私の服装は、特に母の云いつけでモーニングを避け、父の形見の品である五三の桐の黒羽二重の紋附であった。親戚は殆ど一人も見えず、母方の人さえ来てくれなかった。来たのは梶川一家の縁につながる人々だけであった。仲人役を引き請けてくれたのは医師の加藤氏夫妻であった。長年観世流の稽古で喉を鍛えていた加藤氏は、この時とばかり高砂の一くさりを謡ってくれたが、その朗々たる音声を私は上の空で聞いた。

澤子の、母や私に対する態度は結婚前と格別の変りはなかった。新婚の私達は奈良から伊勢路へ三四日旅行をしたが、私はどんな場合にも子を儲けない用意をし、一度もそれを怠ったことがなかった。表向き、母と新婚夫婦との間は至極圓満のように見えた。父の歿後も、母は表座敷の勾欄の間に寝、私は六畳の茶の間に寝ていたが、澤子が来てからもやはり新夫婦が六畳の間に寝、母が十二畳の間に寝た。妻を迎えたとは云っても、私はまだ大学に籍を置く部屋住みの身分であるから、当分はそうすべきであると母も私達も考えていた。従って家の会計その他のことは母が萬事指図していた。

母のその頃の日常生活と云っては、端《はた》の見る目も羨しい、のんびりとした屈託のない暮し振で、暇があれば近衛流の習字をし、国文学の書を繙き、琴を弾き、庭を散歩し、くたびれゝば晝夜の分ちなく私達に足腰を揉ませた。晝の時は合歓亭、夜の時は寝室を使ったが、夜は私が呼ばれたことはなく、いつも澤子に限られていた。たまには三人で観劇や遊山にも出かけたが、母は金遣いが細かい方で、僅かな金銭の出入りにも気を配り、私達にも努めて冗費を省くように誡めていた。特に澤子に対しては監督が厳しかったので、台所の帳面を預かる彼女は相当に気を遣った。母がます〳〵色つやがよくなり、頤が二重頤になりかけ、これ以上太ったら醜くなると云う程度に肥えて来たのは、父の生前に比べて気苦労がなくなった証拠と思えた。

そんな風にして足掛け三年を過したが、私が大学三年生であった年の初夏、六月下旬の夜の十一時頃であった、寝入りばなの私は澤子に強く揺り起されて眼を覚した。

「お母さんがえらいこってすのや、起きとくりやす」

と澤子は云って、急いで私を母の寝室へ引っ張って行った。

「お母さん、どうしたんや」

母は何とも答えず、俯《うつむ》きに臥て枕を両手で苦しそうに摑み、微かな呻き声を洩らしていた。

「あんた、これやのどすがな」

澤子はそう云って、母の枕元の畳の上に伏せてある団扇《うちわ》を取って除けて見せた。団扇の下には一匹の大きな百足《むかで》が、押し潰されて死んでいた。事情を聞くと、その夜澤子は十時過ぎから母の云いつけで治療に勤め、肩から腰を揉み終って、右足の踝《くるぶし》を揉んでいる時であった、それまですや〳〵と寝息を立てゝいた母が、俄に苦悶の声を発して、足の指先を痙攣させた。澤子が驚いて、仰向きに寝ている母の顔を覗き込もうとすると、百足が胸の心臓部に近いところを這っているのを認めたので、仰天した彼女は恐いことも何も忘れて、あり合う団扇で拂い除けると、い、あんばいに弾《はじ》き飛ばされて畳に落ちたので、団扇の上から手で押し潰した、と云うのであった。

「うちがもうちょっと気イつけてたらよかったのに、………ついうっかりしてお御足《みや》の方ばっかし揉んでまして、………」

と、澤子は真っ青になっていた。

加藤医師がすぐ駆けつけて応急の処置を取り、注射を続けざまに打ったが、母の苦悶は刻々に増して行った。血色、呼吸、脈搏《みやくはく》、等の状態は、最初に私達が考えたよりも重大な容態にあることを示した。加藤氏はつきゝりであらん限りの手を盡《つく》したが、夜が明ける頃には危篤に陥り、間もなく母は死亡した。「ショック死と考えるより外考えようがありません」と、加藤氏は云った。

「私が悪《わる》おしたんや、私が悪おしたんや」

と、澤子は声を上げて泣いた。

私は今更、私のこの時の驚愕、悲歎、失望、落胆等々の諸感情を委しく書き留めようとは思わない。私は又、みだりに人を疑うことは自らを辱《はずかし》める所以《ゆえん》であると考えるのであるが、それでもとき〴〵二三の疑問が湧いて来るのを如何ともし難いことがある。

五位庵の建物は、祖父がそれを建築してからほゞ四十年の年月を経てい、こう云う種類の純日本式家屋としては恰好の寂びと時代がつき、今が最も馴れた美しさを発揮している時であった。祖父が建てた当座は、木材《きざい》が若過ぎてこれ程の味は出ていなかったであろうし、又これ以上古くなれば今の艶々しさは失われて行くかも知れない。五位庵の中で一つだけ特に古い建物は、祖父が他所から引いて来た茶席であるが、私が幼少の頃、その茶席に百足が多く棲んでいたことは前に記した。しかしその後家が古びるに従って、母屋にも合歓亭にも、百足がしば〳〵出るようになっていた。だから母が寝ていた勾欄の間に出たとしても不思議はない。母は今迄にもたび〳〵あの座敷で百足が這うのを見たであろうし、いつも療治をさせられる澤子も同様だったであろう。とすると、その夜百足を見たのは全くの偶然であったかどうか。今度あすこに百足が出て来たらこうしてみようと云う計畫が、豫《あらかじ》め誰かの胸に浮かんでいたこともあり得る。尤も百足に噛ませれば、その人の命を絶ち得るとまで考える者はいないとすれば、ほんの一時の悪戯をしたに過ぎないことになるけれども、でもその人に心臓の故障があることを考慮に入れていたとすると、萬一に望みをかけたと見ることも出来る。よし失敗したとしても、百足を捉えてそこに這わせたと云う証拠は残らないのである。

百足は自らそこを這っていたので、這わせたと考えるのは邪悪な推測であるかも知れない。が、母は非常に寝つきのいゝ人で、所謂《いわゆる》「夜ざとい」方のたちではなかった。私が揉んでも澤子が揉んでも、彼女は直きにいゝ気持そうに眠りに落ちた。母は強い按摩を好まず、そうっと、眠りを破らない程度に、軽く柔かにさすって貰うのが好きであった。それ故誰かゞ彼女の皮膚の上に微小な物体を置いたとしても、すぐには眠りを覚さないこともあり得る。私が駆けつけた時は母は俯いて苦悶していたが、その前は仰向けに臥ていたと澤子は云う。ところで、一つ私の腑に落ちないのは、足をさすっていた澤子が驚いて母の顔を見ようとした途端に、心臓の附近を這っていた百足を認めたと云うことである。その時母は胸を露《あら》わにしていた訳ではなく、寝間着を着ていたのであるから、寝間着の下を這っていた筈の百足を偶然見かけた、と云うのはおかしい。前からそこにその虫がいたことを、澤子は知っていたのである、と考えることも出来る。

繰り返して云うが、これは飽く迄も私の単なる空想であって、想像を逞しくすればそう云う仮説も成り立ち得る、と云うに過ぎない。たゞ餘りにも長い間、この空想が私の胸に巣くったまゝ離れないので、こゝに始めてこれを筆にしてみたのである。私が生きている間は、これは誰にも読ませない記録であることも、前に記した通りである。

それから又三年の月日が過ぎた。

私は一昨年、大学を卒えると、父が重役をしていた銀行の行員に雇って貰ったが、その後考えるところがあって、去年の春妻を離別した。その際妻の実家からいろ〳〵面倒な条件を持ち出されたのを、結局先方の云うがまゝに承諾せざるを得なかったいきさつは、あまり面白くもない事件だから書き記す気にもならない。私は離縁を決行すると同時に、楽しい思い出や悲しい思い出の数々をとゞめている五位庵をも人に譲って、鹿ケ谷の法然院のほとりにさゝやかな一戸を構えた。そして黒田村の芹生にいた武を、当人もなか〳〵帰りたがらず、里親も離したがらないのを強いて連れ戻して、一緒に暮らすことにした。私は又、故郷の長浜で安らかな餘生を送っている今年六十五歳の乳母に、せめて武が十ぐらいになるまで面倒を見てくれるように頼んだところ、まだ幸いに腰も曲らず、孫子《まごこ》の世話をしていた彼女は、「そう云うことなら、もう一度ちっさいぼんちゃんのお相手をさせて戴きましょう」と、お神輿《みこし》を上げて出て来てくれた。武の歳は今年七歳、当座はなか〳〵私や乳母になついてくれなかったが、今では事情を理解してすっかり親しみ深くなった。武は来年小学校の一年生になる。私に取って何よりも嬉しいのは、武の顔が母にそっくりなことである。のみならず、母のあの鷹揚な、物にこせつかない性分を、どうやらこの児も受け継いでいるらしいことである。私は二度と妻を娶る意志はなく、母の形見の武と共にこの先長く暮らして行きたいと考えている。私は幼にして生母に死なれ、やゝ長じては父と継母にさえ死なれて、淋しい思いをさせられたので、せめて武が一人前になるまでは生きながらえて、この弟にだけはあのような思いをさせたくないと願うのである。

昭和六年六月廿七日（母命日）

乙《おと》訓《くに》紀《たゞす》記之《これをしるす》

（昭和三十四年十月号「中央公論」）

親不孝の思い出

1

小山内薫《おさないかおる》作の戯曲に「息子」と云う一幕物があるが、あれの初演はたしか大正十二年頃の帝劇で、私の三十七八歳の時であったと思う。登場人物は息子の若者と、その父親で火の番の番人をしている爺と、若者を逮捕しようと附け狙う岡っ引と、男三人だけの芝居で、息子を菊五郎、父親を名人と云われた四代目松助、岡っ引を先代勘弥が勤めた。息子はやくざに身を持ち崩し罪を犯して追われているのであるが、長年我が家に立ち戻ったことがないので、何年ぶりかに親の顔が見たくなって、或る雪の降る夜、そっと火の番の小屋の軒に忍び寄り、炉端で榾火《ほだび》にあたっている父の姿を覗き込む。そしてあかの他人のように装って話しかけると、年老いた父はそれが現在の我が子であるとは悟らず、「己《おれ》にもちょうどお前《めえ》ぐれえの悴《せがれ》があるんだが」と云い、罪人と知って飯を恵んでやったりする。ところへ岡っ引が現われて引っ捕えるが、咄嗟に若者は縄を切って下手へ逃げて行く。岡っ引がそれを追っかけて行く。老父が後を見送って心配そうに伸び上り〳〵する。と、若者は巧く逮捕の手を逃れて、舞台上手にちょっと現われ、「ちゃん」と一と言、小声で父の後影に浴びせて立ち去る。

この芝居を後に私はもう一度見ている。その時は六代目のみ健在で、名人松助も、そして恐らく先代勘弥も、既に亡くなっていたのであったろう、父親を吉右衛門、岡っ引を男女《おめ》蔵《ぞう》時代の今の左團次がしたようであったが、それは私は見ていない。六代目の死後も去年あたり何処かでこの芝居が出たけれども、何と云っても初演の時の興味は格別であった。松助の爺の、あの頑丈そうに顎の張った、眼玉のクリクリとした顔に榾火の明りがあか〳〵と照っていた様子が、今も私の眼底にある。手もとにある演藝畫報社発行の日本俳優鑑に依ると、松助は天保十四年の生れとあるから、当時は八十歳近い老優だった訳であるが、それにしては実に矍鑠《かくしやく》たるものであった。殊に老人には演じにくい筈の新作物を手がけながら、そのセリフ廻しの巧妙なのには誰も彼も感心した。あの六代目を相手にしての言葉の遣り取りには息もつけない旨みがあって、私はあんなにセリフの妙味を満喫した芝居を見たことがない。(そう云えばもう長いこと芝居に陶酔することがなくなってしまった!)勿論それは六代目の演技がすぐれていたからでもあることは云う迄もない。彼は私より一つ年長であったから当時は三十八九歳であったろう。彼と松助との実際の年齢の差、松助が彼の父五代目の秘蔵弟子であったと云う関係も、一層この劇に迫真性を添えた。松助が一語々々しっかりと、力強い、明瞭な声でものを云うのに、六代目はあの皺嗄《しわが》れたような低い声で応じるので、それが対照の妙を極めた。分けても六代目で感心したのは、あの幕切れの「ちゃん」と云うセリフであった。父親に聞えないように、低い、ヒッシングに近い声で云って、そのまゝすっと立ち去ってしまう、――心の中で掌《て》を合わせるだけで、動作に現わしては何事もせず、かすかに父の名を呼んで行ってしまうのであるが、それでいて親不孝者の千萬無量の心持が見えていたのは、まことに非凡な藝であると思わせられた。「沢正《さわしよう》だったら『ちゃん』と云いながら掌を合わせて拝むだろうね」と、同席していた劇評家の或る人が云った。

こう書いて来るといろ〳〵なことが思い出されるのだが、この戯曲には粉本《ふんぽん》があって、アイルランド劇か何かを翻案したのではなかったであろうか。あの当時、あの若者が何年親に逢わなかったにしたところで、現在の我が子を眼前に見て言葉を交しながら気が付かないでしまうと云うのは、いくら年老いた父親にしてもおかしい、そんな馬鹿なことがあるものかと云ったのは、たしか正宗白鳥《まさむねはくちよう》氏ではなかったか。白鳥氏はそれを新聞の劇評に書いたのだったが、その時分横浜に住んでいた私の許へ、或る日吉井氏と里見氏が訪ねて来たことがあって、談たま〳〵その劇評に及んだ時、「そんなことを云うなんて白鳥の方がおかしい」と云ったのは里見氏であったと記憶する。

さて、何で私がこの「息子」の話を持ち出したかと云うと、実は私自身にも、いくらかこれに似たような経験の持ち合せがあるからである。と云っても私は、兇状持ちになったことはないし、捕吏に追われたこともないので、少し譬《たと》えが大袈裟のようではあるが、――他人から見れば格別「似たような」と云うほどのことでもないかも知れないが、

——自分の気持では、あの「息子」の心境が、その頃の自分の心境にいさゝか似たところがあるように思われて、昔帝劇で始めてあの芝居を見た時、嘗《かつ》ての自分に引き比べて身に詰まされたことがあったからである。

こゝで「その頃」と云っているのは、「息子」の初演を見た年よりも又十年近く前、大正一、二、三年頃、年齢にして二十七八歳、作品で云えば小説では「悪魔」、「羹《あつもの》」、「あくび」、「恐怖」、「憎み」、「饒太郎《じようたろう》」、戯曲では「恋を知る頃」、「春の海辺」等々の、今考えると多くは耻かしいものばかりを書いていた時代のことである。その頃の私は放浪時代で、さま〴〵な悪徳に身を持ち崩していた。両親の家は日本橋の箱崎町にあったけれども、一二年前にそこを飛び出したきりめったに寄り着いたことがなく、たまにふらりと戻って来ることがあっても、すぐ親たちを怒らせたり泣かせたりして又ぷいと出て行ってしまうと云う風であった。今の毎日新聞の前身である東京日日新聞に「羹」を連載し出したのは大正元年の夏からであったが、親たちは新聞に依って私の無事を知るのみで、何処でどんな風にして暮らしているのか知るよしもなかった。当時の東日の編輯長は故松内冷洋氏であったらしいが、或る日松内氏を私の父が訪れて、「伜は何処におりましょうか」と尋ねたそうで、それには返事に困ったと云う話を後で松内氏から聞いた。母は私があまり長い間姿を見せないと、何処かで死んでゞもいはしないかと思い、新聞に出る変死人の記事などに始終注意していたそうで、これも後になってから聞いた。それにしても何処で原稿を書いていたのか、旅館、待合、友人の家、女の家等々、方々を泊り歩いていたことは確かであるが、何処そこと云うことは今はっきりと覚えていない。パトロンの如き関係にあった偕楽園の笹沼氏の向島の寮に隠れていたこともしば〳〵であるが、父は笹沼氏のところへも私の所在を問合せて来る始末なので、しまいには笹沼氏の寮にもいられなくなり、そこから遠くない寺島村の、不良大学生が五六人で立て籠っていた梁山泊の如き借家に逃げ込んでいたこともあった。なぜそんなにまで親の家を嫌ったかと云うと、要するにたゞ漫然たる放浪癖が身についてしまって、容易にそこから抜け出せなかったのが主たる理由であったように思うが、父の遣り方がまことに下手で、私を怒らせるようにばかり仕向けたので、血の気の多い年頃ではいたゝまれなくもあったし、なおもう一つは債鬼《さいき》が絶えず襲って来るので、年中居所を変える必要があったからだった。新聞に長篇を連載したこともあるのだから、時には可なりの収入があった筈だが、金づかいがふしだらなところへ持って来て、昔も今も私は並はずれた遅筆で怠け者と来ているので、いつも新聞に穴をあけた。作者の都合で連載物を休むなどと云うのは昔でもめったにないことであったが、私は平気で（もなかったろうが）ちょい〳〵休んだ。そんな訳で「羹」も完結に至らずに止めてしまい、後に春陽堂から単行本を出す時に補筆した。債鬼と云うと金銭上の負い目ばかりのようだが、女についての問題もあって、そのことを親たちに感づかれるのを私は最も恐れていた。

そう云う生活をつゞけつゝあった或る日のこと、どう云う風の吹き廻しか、私はふいと親の顔を見たくなったのであった。春であったか秋であったかも覚えていないが、そう云う気持を起したと云うのは、やはり秋だったからでもあろうか。そう暑くも寒くもない日の、あたりがどっぷり暮れてからであったが、まだ宵の口で、何処の家でもよう〳〵晩めしが済んだくらいの時刻であった。私の巣は大体向島方面か小石川本郷方面かにきまっていたから、そっちの方から人形町方面まで電車で来て土州橋を渡った。親たちの家のあったところは、明治のつい末年頃までは隅田川の下流に葦がぼうぼうと生えた洲のようになっていた所で、以前は山内侯の下屋敷があっただけなのを、近年埋め立てゝ、箱崎町四丁目と称していた一廓であった。北は中洲の渡しを隔てゝ、真砂座と云う芝居小屋のあった中洲に対し、箱崎川と隅田川とに挟まれた剱先《けんさき》のような土地であった。父は世渡りの拙い人で、ずっと昔に親から譲られた財産をなくしてしまってから、米や株の相場師に落ちぶれて、遂に芽の出る折のなかった男であるが、生涯に何度となく引越しをして歩いたうちで、箱崎にいた時はいくらか優《ま》しな方であった。箱崎の前は神田の南神保町《じんぼうちょう》の、電車通りから狭い行きどまりの路次の奥へ這入ったところにいたのであったが、そこから見れば今度の家は兎も角も表通りに出ていた。階下が玄関に廊下附きの六畳の間、二階が襖でしきられた六畳と四畳半、ぐらいだったと思う。部屋数は神保町の家と同じくらいだったけれども、神保町のようなゴミゴミした路次の中ではなかった。今も云うように、あの辺はその頃埋め立てた新しい土地なので、こぢんまりした、皆同じような新築の小綺麗な二階家が建ち並んでいた。今はあの渡しのあったところに中洲橋と云う橋が懸り、中洲と箱崎とがつながってしまったと云うから、もう都電なども敷けているかも知れないが、その時分は電車も通らず、自動車はまだ普及していず、たまに人力車のゴム輪の音がするくらいで、夜になればカラリコロリと下駄の音が冴えて聞える、至って閑静な街であった。

家族は父と、母と、弟の精二と、五つか六つぐらいになっていた末弟の終平《しゅうへい》との四人暮らし、――それに私を加えれば加えるのであった。精二のことは委しくは覚えていないが、晝間働いて親たちに貢ぎながら苦学して一人前になった彼は、もうその頃は早稲田の方に勤めていたのではなかったろうか。神保町の家でも箱崎の家でも、私は親が狭いながらも常に二階に二た間を用意して置いて、私のために表の廣い方の部屋を空け、いつでも帰って来るように待っていた気持が、今日になって見るとよく分るのであるが、その時分には分っていなかった。朝夕親の傍にいて、その生活を助けていた精二の方に親が親しみを感じるのは当り前で、だからと云って私を疎んじる気はなかったに違いないのに、私は何となくそう云う風に僻《ひが》む気味もあったし、一方では精二が親を見ていてくれるので此方は気が楽なところもあった。が、その晩、私は最初から、自分は顔を見られないようにして餘所ながら親たちを覗いて見るつもりだったのか、次第に依っては格子を開けて這入って行くつもりだったのか、何で又そんなに親の顔が見たかったのか、今からは何とも考えようがない。しかしその時は多分半年ぐらいの間全く音信を絶っていた折だったので、我が家とは云え閾《しきい》が高くて、そう簡単に格子をくゞれはしなかった。こう書いて来て考えついたのだが、ひょっとその晩は、今茅場町の一部になっている亀島町の偕楽園で晩飯を食べて、向島か本郷方面へ帰る途中、電車で水天宮前を通りかゝり、急に下車して土州橋の方へ足が向いたのかも知れない。東京人に故郷はないと云うけれども、それでもあの人形町界隈、蠣殻町《かきがらちょう》、浜町、箱崎町、堀江町辺は私の一家親族たちが祖父の代から寄り集って住んでいた土地なので、何となく自分の故郷の地と云う感じが常に胸の中にあった。私の親たちは南神保町に住む前にも、一度箱崎に住んだことがあって、今度も前と同じような家を借りていたのであるが、今度の家は一間幅ぐらいの小さな路次の角にあって、裏通りへ通り抜けが出来るようになっていた。そして階下の六畳の間の、いつも父と母とが向い合って坐る長火鉢の横に、二枚障子の篏《は》まった窓があって、それが路次の方へ向いていた。私は、ちょうど今の時刻なら父と母とが食事を済ましてその長火鉢の向うと此方で話し合っているであろう、で、人目を避けて裏通りから路次へ這入り、障子の中ガラスから覗きさえすれば、そこに坐っている親たちの顔を見ることが出来るであろうと考えたのであった。

私は誰にも見られないようにして、下駄の足音を忍ばせて路次へ這入った。――微かにでも私の足音がすれば、すぐ親たちが聞きつけるに違いないことを私は知っていた。ひょっとしたら今日あたり悴が帰って来てくれないかしらと、毎日々々そう思いつゝ暮らしている彼等に違いなかった。――と、片側はずっと羽目板つゞきの暗い路次に、親たちのいる部屋の窓だけが一つ開いていて、そこから明りが射していた。私は足音を急に止めることをしないで、同じ足取りで歩きつゞけつゝ、すっと窓の前を通り過ぎた。一分間とはかゝらない間であったが、窓の中にはしーんとした秋の夜長の静けさが室内を領していて、長火鉢を挟んでいる父と母との、ランプに照らし出された顔がはっきり見えた。

その長火鉢は私が物心ついてから此方、浜町時代にも、茅場町蠣殻町時代にも、もう二十年以上もこの親たちが使っている古い古い火鉢であった。それには鉄の長五徳の上に霰《あられ》の鉄瓶が懸っていて、私は十一二歳の時分、両親に留守番を云いつけられると、夜が更けるまでこの火鉢の傍に坐って、鉄瓶の湯のチンチンと沸《たぎ》る音を聞きながら待っていたものであった。そして、そんな時、私はいつも鉄瓶の霰の突起の上を爪で擦って、――擦ると突起がカーン、カーン、とかすかな音を立てゝ鳴った、――所在なさを紛らしたものであったが、その鉄瓶までが今もそのまゝ湯気を立てゝいた。母が始終つやぶきんで拭き込んでいた猫板も昔のように光っていた。窓ガラス一枚を隔てただけであったから、親たちと私との距離は僅かしか離れていなかったであろう。だから私はあの「息子」のように声を出す訳には行かなかったが、それにしても障子の外で掌を合わせて、「お父ッつぁん、おッ母さん、――」と、心の中で詫《わ》び言を言ったゞろうか。それもどうも今日では明瞭な記憶がないが、多分詫び言を云う心持と、親の家の傍をことさら黙って通り過ぎる放浪者の、意地っ張りにも似た心持と、つまり故郷に惹かれる心と反撥する心との、両方が作用していたように思う。火鉢の前には夕餉《ゆうげ》の食卓がまだ片附けずに置いてあったような気がするし、精二や終平もそこにいたような気がするのだが、それもゆっくり見届ける暇はなかった。私は慌てゝ路次を通り抜けてしまうと、すぐ又土州橋の方へ引き返して水天宮前から電車に乗った。

2

私の祖母の亡くなったのは、私が「信西」や「少年」や「秘密」を書いた明治四十四年の年の暮であるから、少くともそれより二三年以上前、南神保町時代の一つ前の箱崎町時代、多分私がまだ「新思潮」を始めない時分、帝大に籍を置いていた頃であったろう。祖母は私が物心ついてからずっと蠣殻町二丁目の本家の蔵座敷に住んでいて、そこで亡くなったのであるが、七十前後になってからも割りに達者で、よく人形町通りをてく〳〵とひとりで歩いて、私の家まで話し込みに来たものであった。黒縮緬の羽織に藍鼠《あいねずみ》の鮫小紋の小袖を着、吾妻下駄を穿いて、――そう、あの間は五六丁ほどであったから、今の私にちょうど手頃な散歩道ぐらいな距離であった、――昔の人だし、腰が曲りかけてもいたから、背も五尺とはなかった小柄な体で、でも元気よく歩いて来た。祖父には早く死に別れ、庄七と云う道楽者の総領息子は世間への義理で勘当同様にしてしまい、長女の婿の仐《やまじう》の仕送りで暮らしていた祖母の、その頃の話相手と云っては私の母より外はなかった。母は彼女の三女であるが、母も谷崎家の家附き娘で、私の父を婿に貰い分家していたのであるから、祖母にすれば何処の家より私の所が寄りつき易かったのである。で、或る日の午後、私が外から帰って来ると、祖母が来ていて、例の長火鉢を中に、母と向い合ってしゃべっていた。

父はいつも夕方でなければ戻らないので、父の坐るべき座布団に祖母が坐っていた。南神保町時代に十六歳で亡くなった妹の園子は、まだ存生中だった筈であるが、その日はその場に居合わせたかどうか覚えがない。精二はたしかに留守であった。祖母はしゃべりながら、時々煙草入の叺《かます》に手をさし入れて、小さい細い煙管《きせる》に煙草をつめて吸っていた。しゃべると云っても別にまとまった話などをする訳はない。まあ取りとめのない世間話か、でなければ道楽息子の庄七の噂をするぐらいのことにきまっていた。私の母のすぐ下の弟、私には叔父に当る庄七は、明治元年生れであったから当時四十何歳かだったであろう。本来なら谷崎家の本家の跡取りで、威張っていられる身分であったのに、心柄から義兄の仐に本家を乗っ取られてしまい、表向きは祖母の所へも出入りが叶わないようになって、道楽息子ももう道楽をする実力もなく、米屋町《こめやまち》あたりの合百師《ごうひやくし》になり下って怪しい危い世渡りをしていた。「庄七の奴は合百なんぞをやっていて、今に警察に摑まらなければいゝが。そんなことがあったらそれこそお祖父さんに申訳がない」と、明け暮れそれを苦に病んでいた祖母は、「たとい九尺二間でもいゝから、あれが一戸を構えてくれたら、私は今の世話になんぞならずにあれと一緒に暮らすんだが」と、死ぬまで云いつゞけていたことを私は今も思い出す。

ま、それは後の話として、その時私は母に少々無心を云いたいことがあって戻って来たのであった。何に入用な金で、どれほどの額であったかは思い出せない。どうせ下らない金にきまっていたし、額もたか〴〵三四圓に過ぎなかったゞろうが、今日にすれば二三千圓に相当したかも知れない。私は祖母が居合わせているので、生憎な時に来たと思ったが、いつも大概二三時間は話し込んで行く祖母であることを知っているので、帰るまで待ってはいられなかった。その頃の私の悪い癖で、欲しいとなったら急に欲しくて溜らなくなるのであった。

「何を云うのだねお前、そんなお金があるものかね」

私が切り出すと、案の定母は取り合わなかった。

「それんばかり内にないことはないでしょう。どうしても入《い》る金なんだから、出しておくれよおッ母さん」

「ありゃしないってば、そんなお金。今日はお祖母さんもいらっしゃるのに、今そんなことを云い出さないでもいゝじゃないか」

「だって、ほんとに入るんだからようおッ母さん、いゝじゃないかそのくらい出してくれたって！　よう！　出しておくれッたら」

二た言三言云い争っているうちに、早くも母はハラハラと涙を落した。そして、袂でそれを拂い除けながら、

「潤一《じゅんいち》の奴はどうしてこんななんでしょうか、――」

と、声を詰まらせて祖母に云った。

「――精二はやさしいんですけれど、此奴《こいつ》はどうしてこんななのか、大学生だなんて云いながら何を勉強してるのか、毎日々々方々ほッつき歩いていて十日も二十日も家へ帰って来なかったり、たまに帰って来たかと思うと親泣かせのことを云い出したり、………此奴のお蔭でお父ッつぁんだってどんなに苦労していなさるか、………この頃は此奴のことが気に懸って寝る眼も寝られないッて云ってるんです。………」

「この子は庄七によく似ているよ」

と、その尾について祖母が云った。

「あれがそっくり此の通りだよ。親に向って無理難題を吹っかけて、聴いて貰えないと直ぐに膨れっ面をして食ってかゝって、………」

母は祖母にそう云われると、ひとしお怺《こら》えきれなくなって、両手で強く眼がしらを抑えた。

「じゃあまあ、今日のところは私が出しといて上げるから」

と、祖母は財布を出しながら云った。

「まあお祖母さん、いゝんですよ、いゝんですったら、………出すと癖になりますから、放っといて下さいよ、………」

そう云いながらも母は、祖母が五十銭銀貨を五六枚出すと、押し戴いて受け取って、私の前に置いた。

「そんならこれをお戴き。ほんとうに仕様のない奴だったらありゃしない」

「潤一や、お前は庄七なんかと違って子供の時から学校もよく出来たんだし、物の道理もよく分っているんだしするから、私なんぞが今更云って聴かせる迄もありあしないが、一体近頃の行跡《ぎょうせき》はどうしたってえことなんだね。………」

私は祖母から叱言《こごと》らしい言葉を聞かされたのは、後にも先にもこの時一度だけであった。蠣殻町の本家へは幼い時から何度となく遊びに行き、手をつかえて挨拶した覚えは数えきれないほどあるけれども、こなんと坐っている祖母の前に、手をつかえて挨拶した覚えは数えきれないほどあるけれども、叱言にも何にも、しみ〴〵と話し合ったことはついぞなかった。だから私は、祖母が諄々《じゅん〳〵》と諭すような口調で私にものを云うのを、その時始めて聞いたような気がする。

祖母は天保十年頃の生れだったと思うが、その歳になってもまだ色の白い、顔の小さい可愛い感じのする人であった。その話しぶりは母のそれと似ていたことは勿論であるが、今から思い返して見ると、そう云っても最近の女の話す東京弁とは随分違っていた。それは黙阿弥の生世話物《きぜわもの》なんかで使う江戸言葉に近いものであった。そして、ついでながら私の親たちのために弁じて置くが、「此奴」だの「手前」だの「仕方がねえ」などゝ云う云い方は、江戸の昔は町家では一般に使ったもので、何も私の親たちに限ったことではなかったし、又必ずしも粗暴な感じを与えはしなかった。有名人で、私の知っているのでは江原素六、幸田露伴、などゝ云う士族出の人々でさえそう云う言葉遣いであった。

「………学校の成績だって何だって、親類じゅうでお前ほど出来る子はないって云われたもんじゃないか。今だって学問にかけちゃあ、お前が一番偉い人になっているんだのに、………」

「ほんとうに、子供の時分にはこんなじゃあなかったんですけれど、………」

そう云うと母は又咳き上げて激しく泣いた。

それからまだ二三十分祖母の叱言がつゞいた。とき〴〵母の泣き言も合いの手に這入った。「何のために大学へまで通っているのか」「こんな態《ざま》では学費を出してくれている仐の伯父さんにだって申訳がない」「どうか料簡を入れ換えて真面目な人間になっておくれ」「潤一は愚に返ったと、親類じゅうの物笑いになるばかりじゃないか」等々、いろ〳〵似たような言葉が繰り返されるのを、私は無言で聴いていた。父が相手だと私はしば〳〵興奮し、しば〳〵抵抗するのであるが、二人の前では耻じもしなければ怒りもしなかった。と云って軽蔑するのでもなかった。生れて始めて聞かされる祖母の、情愛の籠ったものゝ云い方が、叱言には違いなかったけれども、一種の甘い音楽のようにひゞいた。私は突然、自分も誘い込まれて何かゞ胸に突き上げて来、今にもホロリとしそうになったのを感じた。不意を打たれたので私は慌てた。そして急いで銀貨を懐へしまい込むと、すぐ又家を飛び出してしまったが、それから何処へ何しに行ったのであったか。私のために祖母が金を立替えたのを、傍で見ながらそのまゝにしていたところを見ると、母の手元にはその時それだけの金がなかったことが察せられたが、私はそんなことには躊躇せず、遠慮なくその金を持って何かに費消しに行ったことだけは間違いない。

3

こゝで叔父の庄七のことをもう少し書いて置きたい。

私は庄七叔父のことを道楽者と云ったけれども、彼がどの程度にどんな放蕩をしたのであるか、直接には見たことがない。叔父は明治廿一年に祖父が亡くなると家督を継ぎ、二十三歳で結婚し、僅か二三年で妻を離別した。私はその前後から、彼が柳橋の藝者を家に引き入れたりしたことなどをおぼろげに記憶にとゞめているが、私の五六歳から七八歳に至る頃の出来事であるから、委しくは知らない。私の十二三歳の頃には既に彼は蠣殻町の家にいられなくなって、米屋町、兜町、大阪の堂島あたりの米の仲買店や株屋の店に住み込んだりして渡り歩いていた。花柳病に悩んでいたので、仐の伯父が費用を出して草津から猿渡《さわたり》の温泉へ二三ケ月湯治に行かせたこともあったが、東京へ帰って来た時見ると、体じゅうに火胼胝《ひだこ》のような斑点が出来、恰《あたか》も紫斑病者の肌のようになっていた。草津の熱い湯に七十日間も漬かったせいでこんな工合にブチになったのだと云っていたが、半年もすると皮膚は元に戻ったけれども、花柳病は完全には抜けていなかった。「お蔭で淋病は根だやしになったが、梅毒の方は直り切らねえ、冬になると出て来やがる」と、よくそう云っては痒がっていることがあった。

私にはこの庄七叔父と仐の伯父の外に、父方に一人と母方に三人と、私の知る限りでは六人の伯父叔父があったが、私はこの「道楽者の叔父」がいろ〳〵の意味で甚だ私に近似している人間であったように思う。私はこの叔父には幼い時から特別な親しみを持っていた。仐の伯父は私に学費を出してくれた恩人ではあるが、孰方《どちら》かと云えば恐い伯父であった。他の伯父叔父たちは、年齢の相違があるのでそんなに接近したことはないし、又相手にもされなかったが、気さくな庄七叔父は子供の私に冗談を云って笑わせたり、團十郎や菊五郎の藝の面白さを理解し得ない時分から、私を誘って方々の芝居へ連れて行ってくれたりした。この叔父が妻を追い出して柳橋のお壽美を家に引き入れた時にも、私には子供ながらお壽美の美しさが分ったので、叔父にひそかなる同情を寄せていた。私は叔父がひとかどの男前で、所謂《いわゆる》「好男子」の部類に属していることも知っていた。私の母には二人の姉と四人の弟があったが、それら六人の兄弟姉妹のうちで、母の顔だちによく似ているのはこの叔父一人だけであった。叔父は又、前から新小説や文藝倶楽部の購読者であったが、私が物を書くようになってからは、「新思潮」時代から始めて私の物をよく読んでくれた。これは明治三四十年代の、文化の程度の低かった下町の町人育ちとしては、珍しいと云うほどではないにしても、先ずは奇特と云ってよかった。町人の子は富裕な家の総領息子でも、小学校を出るか出ないかで丁稚奉公に行かされるのが習わしであったから、叔父もそれ以上の教育を受けた筈はないのだが、私の作品に関する批評が新聞や雑誌に散見するのにも、折々眼を通していたし、嘗て荷風《かふう》散人の「谷崎潤一郎氏の作品」と題する一文が「三田文学」に載った時は、私の親たちの前で声高らかに朗読して聴かせたりした。そう云う叔父であるからして、私が彼に好意を感じていたことは当然であるが、私と彼とは実はそれ以上に、生れながらの稟質の深い所で繋がれていたように思う。と云うのは、もし谷崎家の代々の血すじの中に「不孝者の血」や「道楽者の血」が、つまり「悪の血」が交っていたとすれば、それがこの叔父から伝わって私の血の中に流れていたように思う。祖父時代のことは私には分らない。そう云う血は祖父の方にあったのか、祖母の方にあったのか、それとも両方にあったのか、その辺のことは知る由もない。が、少くとも私の親たちの時代には、母系統の方にあったのだと思える。私の父や伜の伯父は、律義一方の融通の利かない性分の男で、凡そ道楽や親不孝とは縁の遠い種族であった。ところで私の母であるが、そう云うと何か、母が品行の悪い女であったと云うように聞えるけれども、夢にも私はそんなことを思っているのではない。母は至って有り来りの、幕末から明治初年へかけての封建的空気の中に育った、字を書かせればお家流でした、めると云った風な昔気質《むかしかたぎ》で、仮にもいやな噂など立てられたことは一度もない。甲斐性のない夫を持ったばかりに親から譲られた財産をなくしてしまい、一生貧苦に喘ぎながら暮らしたけれども、夫婦仲はまことにこまやかであった。しかし彼女の弟に庄七と云う者がいたこと、彼女の姉や姪の中には間違をし出来《でか》した女がないでもなかったらしいこと、庄七と顔だちが似ていたことから考えて体質的にも似ていたのではなかったかと思えること、等々の点から推測して、彼女の何処かしらに潜在していた、庄七が持っていたものと同じ親不孝の血が、私の代になって表面に出たように思えるのである。

私が大学へ行くようになってからは、叔父は前にも書いたように合百などをしていたが、住まいは何処に持っていたのだろうか。「たとい九尺二間でもいゝから」と祖母が云っていたところを見ると、恐らく何処かに間借りでもしていたのであろう。最初の結婚以来一人も子宝に恵まれなかったことが身を持ち崩す切っ掛けになったらしいが、もうその頃は柳橋の人とも疾《と》うの昔に別れたあと、これと云うきまった女もなく、鰥《やもめ》暮らしをしていたこと、想像される。たまに、母が一人でいる時に箱崎の家へふらりと現われて話し込んで行くこともあったが、私が会ったのは主に蠣殼町の祖母の許であった。そこは以前の谷崎家の本家の建物には違いなかったが、今の伯父に所有権が移ってからは、米屋町の今商店の隠居所になって、その蔵座敷に祖母が住んでいた訳であった。

祖父が死んでから二十三年間も、祖母はどんな風にしてあの蔵座敷で生きていたのかと不思議な気がするが、私が行くと、大概それは夕飯の時で、小さい溜塗の膳の前にたった一人で坐り、粥のように柔かいねっとりした飯を、土鍋から散蓮華《ちりれんげ》で掬《すく》って、ほんのちょっぴり茶碗に盛って食べていた。お数は殆ど梅醤《うめびしお》か、鰹の田麩《でんぶ》のようなものにきまっていて、あゝ云うものをよくも毎日飽きずに食べていられるものだと思ったが、営養食を取ることを知らないあの頃の老人、殊に老媼《ろうおう》は、あゝ云う消極的な養生法で却って長生きをしたのであろう。小さい座布団の上に畏まって、小さい体をなお小さくして前屈みに坐っている姿を見ると、まるで可愛い置物のようで、座布団ぐるみ何処へでも運んで行けそうであった。で、そんな夕方に庄七叔父が時折来ていることがあった。表向きは出入りが出来なくなっているので、今の一族に見つからないように、伯父や伯父の悴たちが来そうもない時を窺って、そっと裏口から這入って来て蔵座敷へ通り、いざと云えば逃げられるように用心しながら、小声でひそ〳〵と、祖母と顔を寄せつけて話している。土蔵の外の廊下を隔てゝ、聞いていると、云っていることは聞き取れないが、母と息子とが互に縋りついて、定めし泣いたり訴えたり諭したり励ましたりしているのであろう、七十に手のとゞく媼《おうな》と、四十を越えた男とが、恋人同士が喃々《なんなん》喋々《ちょうちょう》しているようにさゝやき合っているのであった。私は祖母が七人を数える娘や息子たちのうちで、分けても庄七をどんなにいとしがっているかと云うことを、その時身に沁みて知ることが出来た。それは庄七が総領だからでもあったろうし、親不孝者であったゞけにひとしお不憫がかゝったのでもあろうし、この歳になって未だに家も妻子もないのが可哀そうでならなかったのでもあろう。或る日親子が話している時に仐の伯父が不意に這入って来たので、慌てゝ庄七を裏口から逃がしたことがあったが、伯父も事情は分っていて見ないふりをしていたのであろう。それから間もなく祖母は亡くなったのであるが、九尺二間で庄七と共に暮らしたいと云う彼女の望みは、とうとう達せられずにしまった。私は庄七が久しぶりに出入りを許されて、祖母の遺骸の枕もとで長い間泣き噦《しゃく》っていた光景を、忘れることが出来ないのである。

4

それはそうと、私が自分の親不孝を意識するようになり、そのことで良心の苛責を覚えるようになり出したのは、いつ頃からで、何が原因であったろうか、と考えると、先ず何よりも思い出されるのは、遠い昔の小学校時代の修身の時間のことである。最近の戦争前に小学校教育を受けた人は修身と云う科目のあったことを知っているであろうが、それでも私が尋常科にいた明治二十年代と、大正昭和の時代とでは可なり修身の内容に相違があったことゝ思う。私の時代の修身と云えば、殆ど天皇に忠義を盡《つく》すことゝ、父母に孝行を盡すことゝを説き聴かすことに、大部分の時間を費していたような気がする。尋常科時代の私の級を受け持っていたのは岡山県生れの野川誾栄《ぎんえい》と云う先生であったが、いつも修身の時間になると、私はこの先生から支那や日本の古い孝行息子の物語を数限りなく聴かされたことを思い出す。私は文天祥や楠正成のような忠臣の物語にはそれほど動かされなかったが、孝子の話は親と云う対象が身近にあるので、それだけ切実に感じたし、先生の方もひとしお身を入れて説いたように思う。

おぼろげな記憶を辿って行くと、最も古いところでは、尋常一年か二年の折に聞いた支那の聖人の舜《しゅん》の話がある。舜は大昔の五帝の時代の帝王であるが、生れながらの天子であった訳ではない。本来は微賤な人であったが、堯《ぎょう》と云う天子が彼の人物や徳行のすぐれていることを認め、丹朱《たんしゅ》と云う実子があるのを斥けて、彼に天下を授けたのである。舜は稀に見る聖人で、あらゆる徳に秀でゝいたが、分けても彼の親孝行は模範的で、さま〴〵な逸話が伝わっている。舜の父は瞽叟《こそう》と云って盲人であったが、舜の母が死んでから後妻を娶って象《しょう》と云う子を生んだ。瞽叟は後妻の子象を愛して舜を憎み、後妻や象と相談してしば〳〵舜を殺そうとする。しかし舜はその度毎に智慧を働かして巧い工合に難を避ける。而《しか》も父や継母や弟に事《つか》えて逆らわない。舜が歴山と云う所で耕していると、歴山の人が皆畔《あぜ》を譲った。雷沢《らいたく》と云う所で魚を漁《と》っていると、雷沢の人が皆場所を譲った。河のほとりで陶器を焼くと、皆形の美しい器になった。舜がいる所は一年にして村落になり、二年にして邑《ゆう》になり、三年にして都になった。堯がその噂を聞いて感心し、二女を妻《めあわ》せたが、その女も婦道を守り、帝堯の娘でありながら驕らず、舜の親戚たちに事えた。堯は舜に衣と琴とを賜い、廩《くら》を築いてやり、牛や羊を与えた。すると瞽叟はなお舜を殺そうとして、彼に廩の壁を塗るように命じ、舜を屋根に上らせて下から火をつけて廩を焼いた。舜は豫《あらかじ》め二つの笠を用意しておいて、それを鳥の両翼のようにひろげて下に飛び降り、辛うじて逃れた。瞽叟は又舜に井戸を掘らせて生き埋めにしようとしたが、舜はそれを察して横穴を穿《うが》っておいた。瞽叟と象とは舜が井戸の底深く這入ったのを見て土をかぶせ、今度こそ彼を殺してやったと思って喜ぶ。象は「この計略を考えたのは己だぞ」と云い、父母に謀って舜の財産を分ち合う。象は、「兄貴が女房にしていた堯の娘と琴とは己が貰う。牛と羊と廩とはお父さんとお母さんに上げよう」と云い、舜の部屋に行って琴を鳴らしていると、横穴から出て来た舜が現われる。そう云う風にして舜は又しても事なきを得たが、その後も親や弟を恨むことなく、ます〳〵父と継母とを大切にし、象を可愛がる。

当時の小学校の先生は大概史記や十八史略ぐらいは読んでいたので、野川先生は多分そう云う書物に基づいてこの話をしてくれたのであろう。が、根性のひねくれた父親や継母や弟が次々に奸計を設けて陥れようとするのを、賢い舜が上手に外して命を完うし、一面には世人の憎みを買わないように親たちを庇う工合などを、野川先生は随分面白く感動的に話してくれた。村の人たちは皆舜に同情して、彼が危い目に遭わないように、無事に切り抜けられるように助力してやる。彼が過重な労役を課せられると、皆が出て来て田を耕したり、草を刈ってやる。人間だけでなく、牛や馬や象の類までも舜の孝行の徳に感じて手つだう。先生の話には史記や十八史略にも書かれていない、お伽噺のような話も出て来たのであるが、あれは先生が子供を喜ばせようとして、自分で拵えたのであろうか、或は何か出典があったのであろうか。舜が横穴を掘って首尾よく逃げるところなどは、幼童の頃手に汗を握りながら聞いた。

日本の話では養老の物語などが最も古いところであろうが、その頃の修身の教科書などに必ず引用されていたのは、摂政藤原兼家の随身下毛野《ずいじんしもつけの》の武則と子の公助の逸話である。公助が右近の馬場の賭弓《のりゆみ》に負けたのを、父の武則が見て憤り、鞭で公助を打擲した。が、公助は敢て逃げようとせず、おとなしく父の鞭を受けた。居合せた人々が何故逃げなかったのかと公助に問うと、私が逃げれば一徹な老父はきっと追いかけて来る、もしその拍子に転んで怪我をしたら不憫であるから、甘んじて気の済むまで打たれたのであると答えたので、俄かに孝子の評判が世に高くなったと云う。今ごろこんな話を覚えている人は少いであろうが、古今著聞集巻八の孝行恩愛の項にも載っており、あの頃の少年少女たちは皆この話を幾度か聞かされている筈である。尤も公助の行為には先例があったらしく、「聖徳太子用明天皇の御杖の下にしたがはせ給ひけるを思ひ入れたるにや」と著聞集にあるが、又そのあとに、「孔子の弟子會参といひけるは父の怒りて打ちけるに逃げずしてうたれけるをば孔子聞き給ひてもし打ちも殺されなば父の悪名をたてん事ゆゝしき不孝也といましめ給ひける、これもことわり也、親のけしきによるべきにや」とも云っており、親孝行をするのには心づかいが容易でないことを語っている。その他、平家物語の重盛諌言の条、曾我兄弟の仇討苦心談、鈴鹿峠の孝子萬吉の話、二宮金次郎の話、等々も、耳に胼胝《たこ》が出来るほど聞かされた。

反対に親が子を思う方では、孟母三遷や断機の話、小楠公の母の話、子を食い殺した虎の棲みかを尋ねて行って、左の腕を嚙ませながら右手で虎を刺し殺した膳巴提便《かしわでのはてび》の話、などが教科書に載っていたことを思い起すことが出来るが、これらも結局は親の有難さを教えて、だから子たるものは親に孝行をしなければいけない、と云う風に説かれたのであった。

こう云う数々の孝行に関する説話は、それを始めて聞かされた頃は全く無邪気に、子供らしい感銘を以て受け取ったゞけのことであったが、たび〳〵繰り返して聞かされて行くうちに、次第にそれが親たちに対する自己の行為を規制する尺度として働き、心に重く蔽いかぶさるようにならずにはいない。そして私はいつからともなく、「自分は親不孝の子である」と云う苛責の念を、絶えず感ずるようになった。今から考えると、いくらあの頃の教育が儒教主義的であったからと云って、あんなにまで孝道を力説しなくてもよくはなかったかと思う。親たちも亦《また》何かと云うと、「親に楯をつく」「親を馬鹿にする」「罰あたりだ」「云うことを聴かない奴だ」「今にロクな者になりはしない」など、云う語をすぐ口にした。親たちはそれほど深い考があって云うのではなく、簡単に口から出るのであろうが、聞かされる子は学校の修身の話が身にこたえているので、やはりそれらの親の叱言が苛責の種にならずにはいない。尤もこのことは、当時貧困の家庭に育った私のような子供たちの場合にそうだったので、富家の子弟たちは恐らく事情が別だったであろう。金持ちの家庭では、概して親たちは子供に対して寛大であり、つまらないことで口汚く罵ったり怒ったりしないものであるから、子供はめったに叱られることがなく、従って苛責を感じることも少なかったであろう。裕福な友達の家へ遊びに行って、「私がこんなことをしたら、内のお父ッつぁんやおッ母さんだったらどんなに非道い叱言を云うか知れないのに」と思って、親たちから大切に扱われている友達の境遇を羨み、貧家に生れた身の不幸を悲しんだことも、私には一再ならずある。

嘗て私は「幼少時代」と云う著書の中で、十二三歳の折に煩雑な家事の手伝いを命ぜられ、いつも夕方にランプ掃除をさせるのが嫌で〳〵溜らなかったことを述べているが、それにも増して嫌だったのは、追い〳〵家計が苦しくなるに従って、女中の役までもさせたことであった。「父は母に昔のような栄耀《えよう》は兎も角も、水仕事や御飯炊きまでさせるには忍びないと云う気持があり、母もそう云う仕事には馴れ」ないので、「暮らしが困難になって来ても、やはり女中を一人だけは置く必要があった」が、私たち一家の生活程度では分に過ぎたことだったので、「桂庵から来た女も始終変って、台所の用をしてくれる者がいなくな」ることもしば〳〵であった。——で、女中のいない日は、父が母より先に起きて、火をおこしたり、竈《へつつい》を焚きつけたりしたが、私もとき〴〵父の代りを仰せつけられた。冬の朝など、まだ蔵座敷に行燈がともっていて、両親が寝床にいる時分に、私一人だけ早起きをして、台所の用をするのであったが、夕方のランプ掃除や折々の使い走りにも増して、此のことが何よりも味気なかった。私はそんな時によく、二宮金次郎の幼時の話を思い浮かべたりしたが、それに依って奮起させられるどころではなく、どう考えても貧乏はつく〴〵嫌なものであると、云う風にばかり感じさせられた。

私はあの頃のいたいけな自分の姿を思い浮かべると、今日でもなお、あんな風に素直に働いた自分と云うものが、可哀そうにもいじらしくてならないことがある。精二はまだ十にもなっていなかったから、私が台所で用をさせられていた時分には何も知らずに寝ていたことであろう。当時私の小さな胸の中には、私を早くから立ち働かして自分たちは寝床にいる二親《ふたおや》の仕打ちを恨む気持と、かりにも親を恨もうとする己れのねじくれた根性を咎め、出来れば自分も金次郎や萬吉のようなあっぱれな子になりたい、そして親たちを喜ばせ世間の人に褒められたいと云う気持とが交互に入り乱れた。

「父の悪名をたてん事ゆゝしき不孝也」と云う孔子の心持から云えば、こんな風に親の仕打ちを暴露することは、何にも勝る不孝の行為かも知れない。しかし私は今頃親を責めるつもりで書いているのでないことは、泉下の親たちも、又一般の読者諸君も諒察してくれるであろう。たゞ、今から考えて自分にも判断がつきかねるのは、後に私が親たちに辛く当り、分けても父と激しく衝突するようになったのは、あの時分の親の仕打ちをいさゝかでも根に持っていて、その仕返しをしてやる心が働いていたかどうか、自分に少しもそんな気はなかったつもりだけれども、潜在的にそんな心理が作用していなかったろうか、と云うことである。私はどうも、「潜在的にもなかった」とはっきり云い切る勇気はない。そう云えば、父は後年、幼い私をあゝ云う風に使ったことを心中ひそかに悔みもし、耻じもしていた気味合いが見え、老後に及んで子に背かれるのも是非がない、悴は多分あの時分のことを恨んでいるのであろうと、あきらめていたらしい様子があった。父も私も口に出しては云いも尋ねもしなかったけれども、正直で、律義で、気が狭かった父の性質から推して、私にはそれがほゞ察しがついた。そう云っても、私が朝の仕事をしたのはそんなに始終のことではなく、とき〴〵父が大儀な時に代りをさせられたのであり、それも僅かな期間であったが、私が成人するに従い、父はそのことを気に病んで心で詫びていたのではなかったろうか。今になるとそう思われるふし〴〵があり、私も可哀そうな子だったけれども、父も気の毒な人であったと思われてならないのである。

（昭和三十二年九月号―十月号「中央公論」）

高血壓症の思い出

動脈瘤《どうみゃくりゅう》

生れつき健全な体質の持主でありながら、「自分は病弱である、自分はとても長生きは出来ない」と思い込み、何の根拠もないのに悲観している弱気な人がしば〳〵ある。私もそう云う人間の一人で、「自分は長寿を保つことは覚束ない、せい〴〵四五十歳まで生きられゝば幸いである」と云うコンプレックスを長い間抱いていた。大学生時代には「己はいつ死ぬか分らぬ」と云うノイローゼに悩まされて、そっと脈搏を数えてみたり、理由もなく心臓をドキドキさせたり、全く訳の分らない神経性の恐怖のために往来で打っ倒れそうになったりしたことも何度かある。私の古い小説に「恐怖」と題して、汽車に乗ると恐怖を覚える病気、――鉄道病（Eisenbahnkrankheit）と云うものに罹《かゝ》って京都から東京に帰れなくなったいきさつを書いた作品があるが、それはその当時の事実を述べた偽らざる記録である。その後三十台を越えてから、いゝあんばいにそう云う神経衰弱症からは脱却することが出来たけれども、生来のコンプレックスは六十歳過ぎまで続いていた。高血壓症《こうけつあつしよう》と云う病気の存在が一般に知られ、注意を引くようになったのは、私の二十六七歳前後からであったと思う。「血壓が百八十以上になると致命的だ。大概二年以内に死ぬ」など、云う浮説が流布して皆が恐がったのもその頃であった。私も故大村正夫博士からその病気の恐るべき所以《ゆえん》を聞かされ、自分はきっと血壓が高いに違いないと独りぎめにして医師に血壓を測られることを甚だしく恐れ、なるべくそう云うハメに陥らぬようにした。だが実際には私の体は案外強靭であったらしく、二十歳時代に花柳病を患ったこと、軽い糖尿病の気《け》があることを大村博士に発見されたこと以外には、めったに医師の厄介になったことはなかった。私の母は五十四歳と云う当時としても比較的短命で終ったが、病気は丹毒で、医師が下手な処置をしたために云わば間違いで死んだようなもので、本来は非常に丈夫な人だったので、多分私はこの母親の体質を受け継いでいたのであると思う。そんな訳で、本当に病気らしい病気に罹ったのは、五十餘歳の時肛門周囲炎の手術で一週間ほど入院したのが最初であったが、それも簡単に治癒してしまい、それから暫くは何のこともなかった。

尤《もっと》も、その前四十歳台に一度、「これは事に依ると死病に罹ったのではないか」と思ったことがある。私は今日までに三度妻を変えているが、二度目の人と兵庫県魚崎の横屋に住んでいた昭和六七年頃、四十五六歳の時であった。左の腕の手頸の動脈のある所、医師が脈を測る時におさえるあの部分に、ちょっとした瘤《こぶ》のような隆起物が出来て、それが長い間引っ込まなかった。別に痛くも痒くもないものであったが、私はいつもの恐怖症から、ひょっとするとこれは動脈瘤ではないかと疑い、妻にも語らず、宣告を下されるのが恐さに医師にも見て貰わず、一ケ月ばかり独りで不安を胸中に秘めていたことがあった。因縁と云えば因縁であるが、実は私は大正十一年の昔、「彼女の夫」と云う戯曲を書いた時に、これも大村博士の入れ知慧で、その戯曲の主人公の病気を動脈瘤にしたことがあり、当時その病気の性質について博士から可なり委しく教えられていた。つまりその病気は、動脈のいかなる部分にでも発生するのであるが、最後には心臓の近くに出来て、或る日突然破裂する、患者はその破裂する寸前まで格別の自覚症状を感ぜず、自分がそんな爆弾を抱いているのを知らずにいるものであること、従って数年間は普通に生活し飲み食いしつゝ生きているが、結局は死を免れないこと、又その病気は九分九厘まで梅毒が原因であること、等々を聞かされていた。ところで往年私が梅毒を患った頃はまだ六〇六号なども発見されていず、水銀注射を何回か施して貰った程度で、完全な治療を受けていなかったことであるから、自分の場合はてっきりその古疵が因を成しているものと思い込んだのであった。そう云えば、昭和三年に物故した小山内薫氏の病気が動脈瘤であった。小山内氏の場合はヨーロッパ仕込みの極めて悪性なものが原因だったに違いなく、宴会の席上俄かに瘤が毀《こわ》れて亡くなったのは、私と最も関係の深い東京日本橋亀島町（今の中央区茅場町《かやばちょう》）の、美人の女中を集めているので芝の紅葉館と共に有名であった偕楽園の楼上に於いてゞあった。当時阪急の岡本に住んでいた私は、故人のお通夜には上京したけれども、偕楽園での光景は人から聞いたゞけであるが、たしか今の圓地文子さんの処女戯曲が築地で上演されたについて、その祝賀の宴が張られた夜の出来事であった。その時その場に真っ先に馳せつけたのは当時の偕楽園、今は偕楽園を止めてライファン工業株式会社を経営している笹沼源之助氏の夫人お喜代さんであったことも、私はたしかに同夫人から聞いていた。お喜代さんが馳せつけると間もなく、これも今は亡き水上瀧太郎氏が何処かの出先から飛んで来て枕元に侍り、「私は小山内の弟子でございます」とお喜代さんに挨拶したと云うことであったが、いかにも水上氏の云いそうな言葉であると思った。又その時の小山内氏の苦しみ方は、相当凄いものであったと云う話も聞いた。(今この記事の執筆中、改造社時代からの古い友達である濱本浩氏が、三月十二日の夜やはり動脈瘤で逝去した知らせを受けた。氏は自分の病気のことを知ってか知らずにか、のんきにも町へ映畫を見に出かけて急に気分が悪くなり、懇意な旅館に立ち寄って休息し、そのまゝそこで息を引き取った。そんな訳だから、氏は小山内氏のような苦痛に遭わず、一二度発作があったゞけだと云う)私は小山内氏の事件などを耳にするにつけても、尚更医師に見て貰うのが気味《きび》悪くて躊躇していたが、一ケ月ほど立つうちに瘤はだん〳〵大きくなるばかりなので、或る日遂に意を決して、もとの阪大総長今村荒男博士の私邸を訪ねた。博士は大村博士等と同窓で、その頃は阪大の肺癆《はいろう》科の部長をしておられ、西宮市の南郷山に住んでおられたが、私も大村氏の紹介で昵懇《じっこん》にしていたので、妻にはわざと行先を語らずに出かけて行った。私は内々「こんなものは何でもないよ」と、今村氏が一笑に附してくれることを豫期していたのだが、氏は案外にも瘤に触ってみてちょっと首をひねり、「多分そんなものではないと思うが、ちょっと怪しい気もするから明日もう一度大学の方へ来てくれたまえ」と云う挨拶であったので、さてはそうなのかと覚悟せざるを得なかった。

今村邸から帰って来て翌日阪大で診察を受けるまでの約一日の間、私はまだそのことを妻に打ち明けず、大体死の宣告を下される場合の心構えを用意していたが、でももうそうなると案外度胸がすわるものと見え、平素の臆病に似合わず、奇妙に気分が落ち着いて来るのを感じた。私はその時の経験で、人間は最後の土壇場に来ると、そう恐ろしくなくなるものであることを知った。多少平素とは様子も変り、顔色もすぐれなかったに違いないが、別段妻に素振を感付かれることもなかった。で、翌日阪大へ行って検査をを受けた結果は、幸いにしてその瘤は左様な悪性のものではなく、脂肪のかたまり（Lypom）と云うものであることが分り、ほんとうに始めて安心した。そして早速我が家へ飛んで帰り、この間じゅうから誰にも知らせず死の覚悟をしていた事情を妻に語った。なおその検査の際に、私は生れて始めて血壓を測ってもらったが、百六十と云うことで、年齢の割りに高いには高いけれども、何もそれほど恐れる程度ではないと云われた。かくてその脂肪のかたまりは、特に治療を施すこともなく、その後一ケ月ほどして自然に消えた。

マグテキ

私が血壓に関して最初に警告を与えられたのは三度目の結婚後、即ち今の妻と同棲するようになってからで、五十歳前後の時であった。当時は芦屋の打出《うちで》に住んでいた関係から、同じ芦屋にいた故小出楢重《こいでならしげ》氏なども脈を取って貰っていた、あの近辺での名医と云う評判のあった故重信政英博士の診察に依ったのであるが、「血壓が百七十ある、今からこんなに高いのは宜しくない」と博士は云った。昔大村博士が「血壓百八十以上は危険だ」とか「そうなると二年以内に死ぬ」とか云われて嚇《おど》かされたことがあるので、この警告は可なりこたえた。妻も勿論心配した。元来が健啖家で、且《かつ》一升酒を嗜なむ私であったが、その当座はさすがに酒や食物に制限を加えたりしたものだけれども、それも餘り長くは続かず、いつからともなく元の分量に復《かえ》ってしまった。但し煙草だけは昭和十一年の二・二六事件の前後から完全に止めた。それと云うのが、私の場合酒の方は多少調節することが出来たけれども、煙草の方は全く調節が不可能で、飲むか止めるか孰方《どっち》かにするより外はなかったから、酒を止めない申訳に煙草を止めた次第であった。

以来私は禁煙だけは完全に守り通して今日に至っているが、酒と美食とはどうしても止まず、盛んに不養生を続けた。そうなると私は尚更気が咎めるので血壓計に近寄らぬようにした。その頃の住所は芦屋から住吉川の西岸の反高林《たんたかばやし》に移ってい、昭和十一年の秋頃から十八年の秋頃までそこにいたが、その間も私は始終熱海の旅館を足溜りにして東京に出かけた。追い〳〵美食を貪るには不自由な時代になりつゝあったが、熱海では今もある浜町のすき焼屋岸沢へ行くと、いつも美人でキップのいゝお上《かみ》さんが相当なロースの肉を存分に食べさせてくれた。こゝの主人は後に沼津方面に徴用され、爆撃に遭って死んだが、播州生れの人で、兵庫県方面に特別な手蔓があったのだと推測する。東京の宿は最初のうちは殆ど偕楽園だったので、どんなに食料が払底であっても、さすがに明治十六年以来の歴史を誇る、東京で一流の支那料理店のことであるから、一般の客には兎に角、われ〳〵内輪の友達には何か彼にか工夫して腹を充たさせてくれた。私の外に今も葉山に健在の松竹の木村錦花氏、故長野草風氏、故高木定五郎氏等々がしば〳〵朱塗のしっぽく台の周囲に集って御馳走になった。

この高木定五郎なる人は、皆に「定《さあ》ちゃん」と云う愛称で呼ばれていたが、この人の従兄《いとこ》は数井さんと云って、有名な深川の木場の材木屋の旦那で、その頃小山内薫氏のパトロンになっていた。小山内氏の小説「大川端《おゝかわばた》」にはこの人のことが再三出て来る筈であるが、小山内氏が秋田雨雀《うじやく》氏と共に第一期の「新思潮」を創めることが出来たのは、大部分この数井さんの出資に依ったのだと仄聞する。「定ちゃん」はそう云う人の従弟《いとこ》で、自分も別に材木商を営んでおり、且現在の東京工業大学の前身である蔵前高等工業学校の建築科の出身で、学問もあり、それにキビキビした江戸っ児で身の丈が高く、色が白く、今の時代に持って来ても相当な好男子で、而《しか》も食通で、飽くことを知らぬガストロノマー（食道楽）であった。私とは彼の高工時代からの友達で、始めて会ったのはお互が二十四五歳の時、笹沼氏の紹介で、柳橋の深川亭で飲んだのであった。笹沼も私も、勿論彼も、学生らしい服装はしていなかった。三人ともしゃれた和服姿であった。定ちゃんは真綿《まわた》をお召縮緬の耳のように織らせた、藍色の紬《つむぎ》の一種に黒献上の帯を締めていた。彼は酔うと拳骨で火鉢の胴の外側をコツンコツンと叩く癖があったが、その晩もしきりにその癖を発揮していた。笹沼はコルク・メドックのレッドワインをお銚子に入れてお燗をさせて飲んでいた。私は腰に羅紗の叺《かます》の煙草入れを提げていたことを今も覚えている。座には島村藤村の思い者であった京美人の雪子と、その妹の小雪とが侍っていた。定ちゃんとはその後今の西銀座のカフェー・プランタンでもたび〳〵出会った。何しろ数井さんや小山内氏の背景があるから、この木場の若旦那は文壇の誰彼とも対等に附き合い、正宗白鳥、永井荷風の如き大家をも友達扱いにしていた。白鳥氏はこの青年を面白がっていたらしく、よく話相手になっていたが、或はモデルに使う気があったのかも知れない。「定ちゃん、今に書かれるぜ」と、荷風氏も云っていた。まあそう云う訳で食慾にかけても色慾にかけても、この人は私に輪を掛けてい、戦争中も一向改めなかったし、又それを押し通す実行力を持っていた。もし高血壓でやられるとすれば、この人の方が私より先であることは眼に見えていた。

大東亜戦争の詔勅の下った日、即ち昭和十六年十二月八日の夜、私は定ちゃんに摑まって上野廣小路の四つ角から黒門町へ寄った方の、松坂屋の反対側にあった蛇の目寿司の暖簾《のれん》をくゞっていた。定ちゃんはその時分第二夫人の下谷のSと云う人に新梶田屋と云う待合をやらせていて、この界隈では顔が利いていたので、定ちゃんと一緒に行けば蛇の目寿司でも取って置きのものをいろ〳〵こっそり喰わせてくれた。定ちゃんも私もビフテキが好きであったが、蛇の目寿司では肉の代りに鮪《まぐろ》のトロの凄い奴を大きな切り身にしてビフテキ風に焼いてくれたので、私達はそれをマグテキと称して賞美した。今考えてもあの時代にあの寿司屋に、あんなに白い米の飯があり、あんなに豊富に各種の魚肉があり、あんなに芳醇な灘《なだ》の生《き》一本があったのが奇蹟であるが、定ちゃんはお膝元のことであるから、殆ど毎夜通い続けていたらしい。而もその晩は開戦当日のことなので、私は必ずフィリピンかハワイ辺から時を移さず爆撃機が襲来することゝ思い、ビクビクしながら食べていたが、そのスリルの故に一層その夜のマグテキは美味に感ぜられた。定ちゃんが血のしたゝるマグテキにフォークを刺し込んでいるのを見ると、恰《あたか》も鴻門《こうもん》の会《かい》の樊噲《はんかい》が彘肩《ていけん》の肉を啗《くら》うが如くで、「臣は死をすら且避けず、巵酒安《ししゅいづく》んぞ辞するに足らん」と云っているようであった。私もおさ〳〵健啖にかけてはヒケを取らぬつもりであったが、彼の様子を見ていると恐くなることがしば〳〵あった。定ちゃんがいかに頑健であっても、これで早晩脳溢血にでもならなければ不思議だと思えた。

定《さあ》ちゃんの第一回、第二回の発作

定ちゃんの第一回の発作は昭和十七年の九月に来た。九月と云ってもまだ暑い夏の日盛りに須田町辺を歩いていて、突然定ちゃんは身体の行動不能になり、ガード下に倒れた。そして萬世橋の鉄道博物館脇の某医院に取り敢えず担ぎ込まれて、約半月間治療を受け、漸く回復するのを待って木場の家まで自動車で帰った。本妻と第二夫人とがいつの間にか親密になり、晝夜交代で看護にあたっていたが、「色男は違ったもんだ、とんと今様の丹次郎だね」と、笹沼は云っていた。言語にも手足の動作にもこれと云う不自由はなく、日を経るにつれて外出も可能になり、見たところでは発病前と変りないようであったが、実は両眼の外側の半分が麻痺してしまっていたのであった。つまりブリンカース（遮眼革）を附けている馬のようなもので、左右の視野の外側半分が見えなくなってしまっていた。だから今日ほどの交通量でないとしても、尾張町の交叉点などを渡るのは随分危険な訳であるが、定ちゃんは供をも連れず勇敢に銀座通りを突ッ切って行き来していた。定ちゃんはその時分、偕楽園の笹沼氏の娘の、江藤喜美ちゃんの義理のお父さん江藤義成博士が開業していた築地の病院へ通っていて、これも同じ病気で亡くなった「毎日」の小野賢一郎氏、義太夫の故大隅太夫、それから私などゝ、よく待合室で一緒になったが、当時の彼は革のジャンパーにコーデュロイの乗馬ズボン、赤革の長靴と云う颯爽たるいでたちで、とてもそんな眼隠しをされた馬のような病人であるとは思えなかった。

知っている者は、あんな恰好で歩いていて今に間違いがなければばい、がと危ながったが、脚は達者なので、築地から深川へ帰る途中偕楽園へも絶えず立ち寄った。（タキシーなどは拾えない時代だったので、定ちゃんは歩きくたびれると赤い郵便車を呼び止めて無理遣りに乗せてもらったりしていた）それは笹沼夫婦に会いたいためでもあったろうが、狙いは恐らくコック場の方にあったのだろう。偕楽園は昭和十九年の三月六日高級料理店が一斉に停止を命ぜられた時まで営業していたので、定ちゃんの好きな小菜（今の中華料理店では前菜又は冷菜《リャンツァイ》と称している）の清蒸肉《チンチンニョ》や鶏蛋肉《キイダンニョ》この発音は正確な北京音ではない、偕楽園独特の訛った音である）は大概いつでも食べることが出来た。清蒸肉《チンチンニョ》とは豚の白身を蒸《ふ》かしたものをスライスにして、味噌を着けて食べるもの、鶏蛋肉《キイダンニョ》とは豚の肩ロースを蒸かして叩いて薄焼卵で渦巻のように巻いたものだが、食料が切迫するに従い、支那料理にはならないようなものも配給されたので、鯛の兜焼《かぶとやき》、鮪《まぐろ》のトロの刺身などもお喜代夫人が特に定ちゃんのために作って、重箱に詰めて木場の家に届けたことも再三であった。十八年の夏には定ちゃんは第二夫人のSを連れて箱根に遊んだ。故野口遵氏の宏荘な別荘が熱海にあって、その改築工事の監督を委嘱されていたので、定ちゃんは熱海にもちょいちょい現われた。私も一度工事の現場《げんば》に案内されたことがあったが、杉の柾目の天井（或は桐であったろうか）には金砂子が一面に散らしてあった。西山の私の別荘の塀が倒れたので、ついでに竹の黒穂《くろほ》であったか萩であったかを用いて修理してもらったこともあったが、そんな高価なしろものが安い値段で手に入ったのも、その工事のドサクサまぎれのお蔭であった。

そう云えば定ちゃん自身も、深川の木場の邸の塀を素晴らしい尾州檜の材を使って作りかえていた。定ちゃんの家は木場四丁目にあって、通称油堀にかゝっている繁栄橋を、三つ目通りを南から渡った右の角のところにあったが、いかに商売柄とは云え、川っぷちの人目につき易い所にあんな立派な塀を作るとは世間を恐れぬ仕業である、あれで何処からも文句が出ないものだろうかと私は思った。

定ちゃんの第二回目の発作は十九年の正月七日に来た。あんなに豚の支那料理だの豚のビフテキ（？）だのを矢鱈《やたら》に食べたら無事では済まないと、かねてから江藤博士の心配していたことが、遂に事実になったのである。その晩定ちゃんは友人を招いて偕楽園で小宴を張る予定になっていたが、突然容態が変り、笹沼夫婦が電話を聞いて駆けつけた九時頃には、対《つい》の大島の衣裳を着たまゝ既に事切れていた。最後の病名は尿毒症と云うことであった。八日に笹沼から熱海に電報が来、私は十一日に上京して久し振に永代橋を渡り、告別式に出た。少年の頃父につられて富岡八幡へお詣りし、帰りに冬木の蕎麦《そば》屋へ行ったことがなつかしく思い出された。故人の霊前に市川猿之助の花が供えてあるのを見、若かりし日に故人や小山内氏や猿之助氏等と新橋の花月で遊んだこと、浅草の千束町にあった先代段四郎氏の家で、故人や笹沼や猿之助と花骨牌《かるた》を徹夜で闘わしたことなどの遠い記憶が浮かび、私は感慨措く能わざるものがあった。晴れた天気のいゝ日であったが、式の後で偕楽園に立ち寄り、その年になってから始めての屠蘇や雑煮を御馳走になった。

私の高血壓

定《さあ》ちゃんの生きていた時分、私もとき〴〵熱海から出て来て江藤さんの病院で測って貰っていたことは前に述べたが、当時は大体百七十から八十の間を往来していた。自分の血壓が百八十の危険線を突破することがあるのを知ったのはその頃であったが、だからと云って、人は自分自身のことを希望的に考えるものであるから、昔大村博士に嚇かされたように二年以内に死ぬなどゝは必ずしも思わず、臆病な癖に一面ひどく呑気《のんき》なところのある私は定ちゃんの例を眼前に見ながら、そんなに慌てはしなかった。まして戦争が苛烈になるに従って熱海から姫路、岡山県の津山、勝山と云う風に逃げ廻り、血壓のことも気にならないではなかったが、見知らぬ土地でわざ〳〵見て貰う気もなかった。勝山では土地の地酒を割りにたやすく手に入れる便宜があり、且濁酒《どぶろく》を造る法を覚えたので、食料の方が不自由なだけに酒量は可なり進んだ。

昭和二十年の秋、五十九歳の時、終戦になると同時に私は家族を勝山に残して置いて、家を捜すために京都に出、かねて馴染の祇園下河原の旅館に一週間ほど宿を取っていたが、或る日偶然の機会に、血壓が相当高くなっていることを、按摩《あんま》のおやじに発見された。その按摩は五十歳前後の男で灸《きゅう》や鍼《はり》も出来、なか〳〵上手な人だと云うことで、肩の凝りをほごすために呼んで貰ったのであったが、何かのついでに血壓の話が出ると、「血壓なんか、血壓計がなくても握って見ればすぐ分ります。どれ〳〵見せて御覧なさい」と、私に躊躇する暇を与えず脈を押えて考えていたが、忽ち大声を出して「あ、こりゃ高い、とても高い」とびっくりしたように云った。「そうかね、そんなに高いかね、一二年前に百八十ぐらいあったんだが」と云うと、「それどころじゃない、こりゃ二百以上ある」と云って、又「高い高い」と叫んだ。私は気味が悪くなって、それきりその按摩を呼ぶことを止めた。

昭和廿一年の秋、漸く南禅寺の下河原町に恰好な家が見付かって家族一同が引き移ったが、按摩に嚇かされて以来私は強いて血壓のことを考えないようにしていた。と、廿二年の春だったと思う、或る時妻が出し抜けに山口と云う若いドクトルをつれて来て、「今日先生は血壓計を持っていらっしゃるそうだから、ちょっと測って見てお貰いなさい」と云い、否応なしに私をソファーの上に臥かせた。妻は私の顔色が近頃どうも尋常でなく、土気色をしているように思っていたところ、たま〳〵訪ねて来た親戚の青年などもそれを云い、「小父さんは変ですよ、早く見て貰った方がよござんすよ」と云われたので、山口氏に旨を含めて他の家族を見に来たようにして来て貰い、それとなく私を診察したと云う訳であった。測定の結果は、血壓二百十か二十かあった。その前々年の夏勝山で還暦を迎えたのであるから、当時は満六十一歳になっていた。

戦争直後のことであるから、今日一般に使用せられるセルパジルやカリクレインやルチンの如き薬剤はまだ知られていなかった。私は当時の京都市長故和辻春樹氏の紹介で、京大のその方面の医師P博士（今は京大におられない）の診察を仰いだが、血壓降下剤として呑まされたのは多分ジュウカルチンの類であったと記憶する。その外にはルミナールのような睡眠剤を日に何回となく服用して、終日横臥しつゝ半醒半眠の状態で過すように命ぜられた。戦争前から書き続けていた「細雪」は最終篇の下巻が漸く完結に近づきつゝあったが、勿論執筆は厳禁せられた。その他何事にも頭を使わないように、出来るだけぼんやりしているようにと云うことであった。酒は云うまでもなく禁忌であり、食物も種々な制限を受けたが、特に塩気の強い物を避けるようにと云い渡された。

P氏はとき〴〵来診して血壓を測り、妻にはそっと結果を洩らしていたらしいが、私には何も教えてくれない。しかし餘り好ましい容態でないらしいことは察しが附いた。当時P氏は「この状態が長く続けば多分御主人の寿命は長くないでしょう」と云っていたそうで、そのことはずっと後になって妻からそれと打ち明けられたが、P氏が蔭で私のことをどう云う風に云っているかは、既にその時私にも分らなくはなかった。妻は私の前に出ると憂慮の色を示さないようにしていたけれども、娘の惠美子は十八歳の若さだったので、とき〲じっと瞳を凝らして私の顔を覗きに来ることがあった。彼女の顔には彼女が医師や母親から何を聞き込み、何のためにしば〱私の枕元へ寄って来るのかゞはっきり反映していた。しかし私はその時もそんなに恐ろしくは感ぜず、脳溢血で死ぬにしても今すぐと云うのではあるまいと思っていた。高血壓と云っても自覚症状が伴わず、何の苦痛も感ぜられないので、P博士の養生法を左様に長くは守っていられず、毎日々々睡眠剤で頭をぼんやりさせているに耐えられず、又いつの間にか仕事をするようになった。たしかそれはその年の夏の初めで、或る日南禅寺の瓢亭《ひょうてい》から使いが来、「里見先生がお見えになってお会いしたいと仰っしゃっていらっしゃいます」と云って来たことがあったが、私はとう〱我慢出来ないで、久し振に上布に紗の羽織を着、家から徒歩で五六丁の瓢亭まで歩いて行き、「実は少し血壓が高いんだがね」と云いながらも、里見君を相手に恐々《こわ〴〵》盃のやりとりをした。と、その数日後、又東京から辰野隆《ゆたか》が来ているからと云って、すぐ近くの野村徳七氏別邸から迎えが来、家内と二人で出かけて行った。その頃野村氏の別業碧雲荘は外務省の渉外局が借りていて、今の西独駐在大使武内氏が住んでおり、外交関係のみならず種々なる会合に利用されていたので、辰野も招かれていたのだと思うが、何の会合であったかは記憶がない。祇園から故松本さだ、故玉葉、屋寿栄、里春、義子、小富美、照葉等々が来ていて、たいそう賑やかなことであった。その時宴会場に続く小ぢんまりした別室で私と妻とは数年ぶりに先代高島屋社長故飯田直次郎氏と談話を交える機会を持ったが、私達は図らずも、当時の阪大の布施内科の部長布施信良博士のことを飯田氏から聞いた。氏の言に依ると、氏も長い間高血壓で困っていたのだが、布施氏が発見した独特の治療法で漸く常態に戻ることが出来た。君も私が紹介するから早速阪大の布施さんの所へ行って治して貰い給えと云うのであった。その治療法と云うのは、患者自身の血液を腕の静脈から取ってその場で臀筋内又は大腿部に注射すると云う至って簡単な方法で、当時一般に自家血注療法と称していた。尤もその方法で根治するのではないが、兎も角も一回の注射で直ちに或る程度は降下する。最初は週に二三回くらい行うのであるが、一回は一回毎に降下し、やがて週に一回、月に一回と云う風にして行けば、しまいには百五六十程度にまでは下る。そうなったら酒や食物もそう馬鹿々々しく節制するには及ばない。牛肉、鰻、その他何でも過度にならない程度にならいゝ。仕事も放棄するには及ばず、すべて普通の生活をして差支えない。たゞ血液を臀《しり》や腿《もゝ》に注入する時、不熟練な医師にして貰うと可なり痛いことがある。だから是非とも布施博士自身に施して貰うがいゝ。飯田氏はそう云って、翌日妻を自動車に乗せて阪大へ連れて行き、博士に紹介して「谷崎氏が来たら特別に先生御自身で処置して上げて下さるように」と、豫め連絡を取って置いてくれた。

忘れもしない、それは八月の日盛りの午前中であった。私は妻に伴われて国鉄の大阪駅を降り、一先《ま》ず北区永楽町の、あの有名な上方舞の名人小幸《こゆき》さんこと藤原うめ氏（餘事ながら、東京ではこの人の名は著聞していないが、元来彼女は大阪の神崎流に属し、今では名古屋の西川流に属している。彼女の「雪」の舞は天下一品で、当代及ぶ者がないことは、その道の人は皆知っている）が営んでいる小幸旅館に落ち着いて小憩の後、阪大病院に行った。布施博士の名は、戦争前打出に住んでいた頃から聞いていたが、会って見ると温顔に微笑を湛えた、少しも偉がらない、実に人当りのいゝ、患者の気持をよく察して細かいところへ注意の行き届くやさしい人で、私は二三分話しているうちにその人柄に魅了せられた。

その日私の血壓は上が二百近く、下が百五十くらいであったと記憶するが、「上が高いより上と下との間隔がこんなに狭いのがよくありません、何よりも下がもっと下るようにしなければ」と博士は云った。すぐに博士の部屋の長椅子に臥かされて治療を受け、再び小幸旅館に戻って一二時間休んでから、帰りは新京阪で帰った。注入した場所は大腿部で、飯田氏の言の如く射された時は格別の苦痛はなかったが、帰りの電車では少し痛んで、降りた時は跛《びっこ》を引いていた。当分の間週に二三回通うようにと云うことであったが、二回目に行ったときは既に上が百八十、下が百十か二十くらいに下っていたので、私はその効験の顕著なのに驚きもすれば感心もした。博士が云うには、この療法は百発百中と云う訳には行かない、全然効を奏しない人も中にはある、殊に腎臓病の人には利き目がないと云うことであったが、私にはまことによく利いた。

その頃阪神地方でも種々なる説をなす者があり、布施さんの血注療法を問題にしない医師もあった。いったいに医学者の社会は取り分けセクショナリズムが激しいので、東京の医師などに話してもめったに耳を傾ける者はいなかった。しかし私が紹介して「まあやって貰ってみろ」と阪大へ引っ張って行った者は大概奏効した。私の経験では、餘り長い期間、三年も四年も続けてすると利かなくなるようであるが、暫く間を置くと、又利くこともあった。私の場合は、二十二年の下河原時代から二十四年の初め下鴨へ居を移した頃まで、足掛け三年くらいは怠らず続けていた。そして血壓は常に百六十前後を持続していた。私はいつの間にか昔の健啖家に復って、相当に美食を貪り、酒も時には五勺程度を嗜なんだ。「長くは保《も》つまい」と云っていたP氏の豫言が外れて、私がそれから二十七年の四月まで約三年間大体健康に過すことが出来、今日もなお餘喘《よぜん》を保ちつゝあるのは、後には兎も角、その当座は全く布施博士のお蔭であり、もしあの時あの療法に依らなかったら今まで生きていられたかどうか疑問で、博士の恩を私は終生忘れることは出来ない。

私の回復が顕著だったので、京都では布施博士の療法が評判になり、前記の山口ドクトルなどもその方法を博士から伝受して貰って多くの患者に施すようになった。その時分、坂東簑助《ばんどうみのすけ》氏が、多分洛北の梅ノ木町あたりだったと思う、今の邸宅に移る前の家にいた頃、或る夕方電話がかゝって、当時簑助氏と同棲していた父三津五郎氏が今夜食事中に二度も箸を落した、どうも高血壓らしいから、至急然るべき医師を紹介して下さいと云って来たことがあった。依って取り敢えず山口氏に行って貰うと、血壓二百四十との知らせがあったので大いに驚き、布施氏に診療を乞うことを切にすゝめた。義太夫の山城少掾《やましろのしょうじょう》も、まだ古靱《こうつぼ》太夫時代であったが、これも誰かから噂を伝え聞いてやはり布施氏の厄介になった。三津五郎氏と云い、山城氏と云い、共に私より七八歳年長で、今では八十歳前後の人であるが、後半種々なる療法が発見されるに至るまでは、布施氏に依って急場を救われ、現に長寿を保っておられる。六代目菊五郎も亦高血壓を憂えていたので、私は或る時は人を介し、或る時は六代目が大阪の歌舞伎座へ来た際に自ら楽屋を訪れて、たび〳〵血注療法を試みることをすゝめ、三津五郎氏からもしきりに説いたようであったが、何しろあゝ云う我儘な人なので、「君痛かないのかい」などと二の足を蹈《ふ》み、とう〳〵治療を受けずにしまった。

私は一時中絶していた「細雪」の下巻の原稿を、布施氏のお蔭で再び続けるようになり、遂に完結して世に問うことが出来たが、その後どう云うきっかけで次第にその療法から遠ざかるに至ったのか、今はっきりした覚えがない。しかし前にも云うようにだん〳〵効験が顕著でなくなり、それに最初はそうでもなかったが、いくら布施氏が熟練していても、射し込む場所が左右の臀部か大腿部の一定の箇所に限定されていたので、長い間にはその部分に固いしこりが出来、施術のたびに一日二日苦痛を覚えるようになった。だから六代目に「痛かないのかい」と聞かれた時「実はちょっと痛いよ」と答えざるを得なかったので、六代目もそのために躊躇したのかも知れない。高島屋の飯田氏なども一応血壓が安定したので、いつの間《ま》にか中止してしまい、毎夜のように花柳界に足を運んで盛んに飲んでいたらしかった。反対にその時分から布施宗に凝り始めた人も少くなく、今の蜷川知事の前の前の京都府知事木村氏の夫人などは、始終山口氏を招いて射して貰っていたらしい。かくて私の状態には当分変化なく、「細雪」の次に「少将滋幹《しげもと》の母」、「乳野《ちの》物語」等々を書き、昭和二十五年にはかねてから計畫していた「新訳源氏物語」に取りかゝり、仕事も順調に進みつゝあった。

六代目菊五郎の死

餘談ながら、二十四年の夏、七月十日に六代目菊五郎が死んだ。彼も相当の食いしんぼうで医師の禁忌を守らず、不養生の限りを盡したらしい。私は偶然彼の死の五六日前に熱海から東京に出、当時の弁護士会々長奥山八郎氏、笹沼氏夫人のお喜代さん、大の六代目ファンである江藤氏夫人喜美子さん、その夫君哲夫氏等と銀座をうろついたのであったが、喜美子さんもすゝめるし、よい機会でもあると思って、急に六代目を見舞う気になり、毎日新聞の山口久吉氏に案内を乞うて、築地の六代目邸に行った。応対に出て来たのは六代目のお嬢さんであったが、それは長女の勘三郎氏夫人であったか、後に延寿太夫夫人になった次女であったか確かでない。最初午前中に訪ねたところ、「只今父は久し振に安眠いたしておりますから」と云われて一旦辞去し、その頃尾張町の角から四五軒目の辺にあった、元華族の夫人だと云う斜陽族の奥さんが開業していた「夏目」と云う家で晝食をしたゝめ、時間を見計らって再び出かけると、直ぐに二階の病室に通された。座には市川三升氏がいたが、思えばこの人とは久し振の対面であった。彼は昔は私の作品の愛読者で、たび〳〵新橋や祇園の待合へ招かれたことがあった。彼は九代目團十郎の養子であるが、「俳優にはなるな」と云う条件で、堅儀でいたのに、九代目の死後養父の遺志に背き、先代鴈治郎の弟子になって舞台の修業をした。（この人も先年亡くなって、告別式の日に十代目團十郎の名を贈られた）まあそんなことは兎に角、その日は可なり暑い日であったが、病床の六代目は、血色は悪かったけれども割りに元気よく話をし、「病気が直ったら何をしたい」など、、次の狂言の出し物のことを語り、死を豫期している人のようではなかった。と、私は何も云わないのに、六代目の方から「やはり布施さんに治療して貰おうと思うが、東京へ来てくれないだろうか」と云う話が出たので、なぜもっと早くその気になってくれなかったのかと残念に思いながら、「それなら早速連絡してみよう」と答え、私は三十分ほどで暇を告げた。そう云う次第で、私は図らずも九代目團十郎、五代目菊五郎以後に於ける不世出の梨園の巨人と死の殆ど直前に言葉を交すことが出来、その日が生涯の思い出となった。それにつけても、私はやっぱりあの大阪で会った時に私の忠告を容れてくれたら、せめてもう二三年は生きられたのではなかったかと思うと、今考えても痛恨に堪えない。

私は何も布施氏の療法を無条件に信頼する訳ではないが、老人になってからは、ほんのちょっとした弾《はず》みで或る治療法が効を奏すると、それから又少くとも二三年は生き延びる。現に三津五郎氏は、今は布施氏の療法を用いている訳ではないが、あの時あの療法で一時の危機を脱したばかりに、その後も何回か「三津五郎危し」の報を伝えられながら、そして今では臥たり起きたりの状態でありながら、存生しておられるのを見ると一層その感を深くするのである。

いやな前兆

昭和二十四年の秋、私は下鴨の邸宅の外に熱海の仲田に別邸を設け、その間を往ったり来たりしながら「源氏」に取り組みつゝあったが、その頃に一度、ちょっとおかしなことがあった。それは南座に東京の歌舞伎がかゝった時で、やはりその秋のことだと思う。晝の部と夜の部とを続けて見て、少し疲れて下鴨へ帰った翌日の午後二三時々分、庭を散歩して「下鴨太郎」「下鴨花子」と云う番《つが》いのスピッツを飼っている檻《おり》の中に這入った私は、ふと犬の名を呼ぼうとして、呼び馴れている犬の名が急に思い出せなかった。「これはたゞごとでない」とびっくりした私は、女中の名、娘の名、義妹の名、妻の名、その他近親の誰彼の名を思い出そうと努めて見たが、さすがに妻の名は覚えていたけれども、その他は「重子《しげこ》」と云う義妹の名が浮かんだゞけで、餘人の名は一つとして出て来なかった。私は狼狽して暫くこのことは誰にも云わず、独り書斎に引き籠ってじっとしていたが、幸い記憶の空白時間は長く続かず、二三十分で元に戻った。しかしそれから一二時間の間《あいだ》、私の頭脳は嘗《か》つて経験したことのない不思議な混乱状態に陥っていた。夢のような取りとめのない思想が浮かぶことは誰にでもあるが、その時の私の頭の中にはそう云う思想の糸が互に連絡なく、二筋も三筋も同時に流れた。ちょうど二人の人間の脳に浮かびつゝある妄想が、一人の人間の脳に浮かんでいるような工合であった。その離れ〳〵の、互に別種の妄想が頭の中に平行して動いて行くのが見え、甲の夢が描かれると同時に又乙の夢が描かれつゝあった。例えば一方では女と恋を語りつゝ、一方では机に向って創作の筆を執りつゝある、この二つの幻影が同時に頭の中を占拠する。私には記憶の喪失よりもこの状態の方が一層無気味であったが、いゝ工合にそれも一二時間で消えた。いつぞや私の家にいた女中が始めてパーマネントをかけに行って、非常に熱いドライアーを冠せられた結果、その後二三年の間癲癇《てんかん》状態に陥ったことがあったが、彼女はいつも発作が起る一二時間前から奇妙な前駆症状を感じ、醒めているのか夢を見ているのか分らないようになる、そしていろ〳〵の物の形が一度に見えて来て組んず解《ほぐ》れつする、その気味の悪さが何とも云えない、と云っていたことがあったが、それはつまりこの状態を云うんだなと合点が行った。布施氏の話では、私も既に動脈硬化症に罹《かゝ》っており、記憶をつかさどる脳の中枢の働きが鈍っているので、左様なことも生じ得る、恐らくは昨日芝居を朝から見続けたので、頭が疲れていたせいであろう、これからはあなたも最早老年であり、体の各部分の機能が衰えていることを自覚して、細心の注意をしなければいけない、と云うことであった。で、実はその二三日後に東京の親戚の結婚式に出席する筈であったが、こゝ当分は自重された方がいゝでしょうと云われて、私は勿論妻も上京を差し控えた。でもその後は再び記憶喪失が起りそうな気配もなく、無事に毎日を過していたものゝ、そう云ってもいつ何時あゝ云う事態が生じるかもしれないと云う危惧は絶えず感じていた。それもこの間のように家にいる時ならいゝが、外出中、例えば自動車の中などで目的地や帰り路の名称や所在を忘れたら大変だと思うと、うっかり一人で散歩にも出られなかった。

「少将滋幹の母」の最初の稿を起したのは、そう云う危惧がまだ全くは消え去らない状態にあった時で、私は恐る〳〵筆を執った（当時は和紙に毛筆を用いていた）が、書き出して見ると滞りなく進行した。元来が遅筆で、進行速度は日に二三枚、せい〴〵四枚止まりであったが、やはりその速度は保つことが出来た。私は漸く安心して町にも出歩き、上京の約束を取り消した約一ケ月後には家族を伴って熱海の家にも行き、東京にもしば〳〵出掛けた。

昭和二十五、二十六、二十七年の春までは表面格別のことはなかった。見たところ、私の健康にはこれと云う故障もなきが如くであった。布施博士にもその期間は自然無沙汰がちであった。二十六年の五月には「新訳源氏物語」の巻一が出、九月には二、十二月には三が出版された。そんな調子で、そう頻繁に血壓を測ったこともなかったが、実際は私の健康状態は、一歩々々危険に瀕しつゝあったのである。私は健康らしく見えるので知らず識らず気を許し、図に乗って美食を貪り健啖を発揮しつゝあったが、その間《あいだ》に血壓が亢進し続けていたことが、後になって分ったけれどもその当座は気がつかなかった。私の古い友人に泉田知武と云う小児科の医学博士があり、戦争で東京の医院を焼かれてから伊東で開業していたが、多分二十六年の末か七年の初め頃、少し私も気になったのか、妻を伴って測って貰いに行ったことがあった。泉田氏は「なるほどちょっと高い、上が百八十くらいある、しかし現在そう有効な薬もないことだし、もう四五年待っていれば、目下盛んにその方面の研究が進められているから必ず適切な降下剤がどこかで発見されるであろう、まあもう暫く体に気をつけて、餘り無茶をしないでいることだね」と私たちに云った。だが泉田氏は、私や妻を驚かさないためにそう云ったのだそうで、当時の私の血壓は血壓計の度盛りを突破するくらい高く、血壓計が毀《こわ》れそうになったので、氏は慌てゝ測るのを止めたのだと云うことを、後年に及んでから聞いた。氏の考では上が高い割りに下が低く、上下の距離が相当に隔っているので、今急にどうと云うことはあるまい、こゝ数年は大丈夫だと信じたので、一応その場を糊塗したのであると云う。

菊供養

ところで廿六年の七月十四日、笹沼夫人、その長女の鹿島登代子夫人、次女の江藤喜美子夫人等々が熱海の家へ訪ねて来、われ〳〵六代目ファンだけで六代目の三回忌を追福したことがある。六代目の亡くなったのが廿四年七月十日であるから、その祥月命日よりも四日後のことであった。実は私は廿五年十一月の東おどりに私の「少将滋幹《しげもと》の母」が舞踊劇化された時、新橋の菊村さんに無心を云って、六代目の舟弁慶の前シテの衣裳、中啓、故人遺愛の竹の杖等を貰い受け、大切に保存していたので、それをこの機会に飾ることを思いついた次第であった。当時熱海の私の書斎は、住宅と少し離れた所に、嘗て奥村土牛《どぎゅう》氏が畫室に使った家があったのを借りていたので、その十二畳ほどの廣間にあの絢爛《けんらん》な唐《から》織《おり》の衣裳を衣桁《いこう》に掛け、烏帽子《えぼし》と中啓と杖とを前机に置いた。花は夕霧草が挿してあったのを喜美ちゃんが見とがめて、「あら、小父さん、菊がなくっちゃ駄目じゃないの」と使いを走らせて菊を買わせて来、喜美ちゃん自らそれに活けかえた。私たち家族はその夜母《おも》屋《や》に引き上げたが、笹沼夫人等三人はその衣桁の前に床をならべて寝、翌朝喜代子夫人の口三味線で喜美ちゃんが「鏡獅子《かゞみじし》」を舞った。そこへ私たちも現われて何か供養をしなければと云うことになり、私の下手な狂言小唄で妻が小舞の「七つになる子」を舞った。その日笹沼夫人と喜美ちゃんとは、私に和歌を揮毫させるためにそれ〴〵帯を一本ずつ持って来ていた。夫人のは絽《ろ》の夏帯、喜美ちゃんのは彼女が結婚の時に締めた金通しに長野草風の白緑《びやくろく》の青竹の図のあるものであった。私はそれを書くために一と走り母屋に戻って筆墨の類をとゝのえていたが、どうした加減か途端に激しい眩暈《めまい》を感じて畳に伏した。多分脳貧血だろうと思って二三分間眼をつぶっていると、やがて平常に復したので、そのまゝ書斎に取って反《かえ》して揮毫を果たし、誰にもそのことは悟られずに済んだが、これも今から考えると普通の脳貧血ではなかったかも知れない。

二十七年春の出来事

明けて廿七年の正月廿三日の夕刊に高島屋の飯田直次郎氏逝去の報が出た。私を布施博士に紹介してくれたと云う因縁で、私には忘れられない人であるが、肝臓硬変症で東京の順天堂に入院し、遂に回復せずにしまった。越えて三月二日には鎌倉の久米正雄氏の訃報に接した。この人も晩年は布施博士を大阪から招いて見て貰っていたが、既に手後れで施しようがなく、二百を越える血壓がどうしても下らないので、早晩このことがあるのは豫期せられないでもなかった。

私は二月中京都にいたが、三月中旬には又熱海に帰っていた。その前後から私の皮膚に妙な吹出物が出始めて左右の腕と下肢に蔓延して行った。いつも冬になるとジンマシンに罹るので、そう云う種類のものかと思って最初は気にもかけずにいたが、次第にひろがって行く様相がジンマシンと違うようなので、近所の医師に来診を乞うたところ、単純性紫斑病とのことで、C不足の結果であろう、せい〴〵野菜や果物を摂取して御覧なさい、と云われた。しかしなか〳〵良くならないので、日本赤十字の外科に勤めている甥の森田紀三郎が皮膚科の専門医を連れて来てくれ、オブェクト・グラスに血液を取って帰り、血小《けつしよう》板《ばん》を調べてくれたが、紫斑病ではないとのことであった。然るにその後上京のついでに聖路加病院の医師に見て貰うと又紫斑病だと云われ、結局真相が分らずにしまい、うやむやのうちに二三ケ月で斑点が消えた。

笹沼夫人と喜美ちゃんとはその年の四月二日に再び熱海へ訪ねて来た。今度は笹沼源之助氏と令息宗一郎氏も一緒で、宗一郎氏が愛用のキャメラを二三種携えて来、私、妻、義妹、娘等々をカラーだの白黒だので無数に撮ってくれた。夜は私が西山の重箱へ一同を案内したが、宗一郎氏は私が大串の鰻をあまり沢山食べるのに呆れていた。「小父さん、そんなに食べていゝんですかい」と少し心配そうに云っていたところを見ると、若くて食慾の旺盛な宗一郎氏より私の方が餘計貪ったのに違いない。そしてその時の宗一郎氏の心配が無意味でなかったことは、その翌々日に明かになった。

翌々日、四月四日に、私は妻と義妹を伴って新橋演舞場の春のおどりを見に出かけた。出し物は「新羽衣」「保名《やすな》」「二人道成寺《ににんどうじょうじ》」等々であったと記憶する。私たちは朝の「いでゆ」で熱海を立ち、十時半頃新橋で下車したのであるが、停車する二三分前、棚のスーツケースを卸そうとして立ち上った私は、ふと、身体に或る異常な事態が生じたのを覚えた。別段痛いとか苦しいとか胸が痞《つか》えるとか云うのではないが、咄嗟に感じたことは、左の脚より右の脚の方が少し長くなった気持、――そして何かたゞならぬ状態に全身が襲われている気持、――であった。私はそれを感じながら棚の荷物を取り、妻と並んでホームを降り、迎いの車に乗って一旦虎の門の旅館福田家に行き、二階の部屋で一と休みした。私の体にそう云う変化が起ったことは、妻も義妹も心づかないらしかったが、部屋に這入ると私は妻に打ち明けて云った。「さっき、棚の鞄を卸した拍子に何か私の体に異常事が起った。どうも右の脚が長くなったような感じだ」そう云うと妻は事柄の性質をすぐ悟ったらしく、私を座布団の上に臥かせ、靴下を脱いで足の裏を出させた。彼女はかねて布施博士に教わっていたので、あり合う真鍮の火箸を私の足の裏に当て、バビンスキー反射を調べた。「どうだね」と聞くと、「別にどうもないようだけれども、兎に角今日は演舞場へ行くのは止めて、こゝで安静にしていた方がいゝと思うわ」と妻は云った。妻はほんとうに反射を認めなかったのか、認めても私に秘していたのかはっきりしないが、私は笹沼の一家が隣の桟敷で待っていることや、菊村さんにも会う約束があることなどを思うと、どうしても行きたい気がしたので、妻の言葉に耳を貸さず、「どうもないのなら行こう〳〵」と二人を急き立てゝ出かけた。

演舞場では晝の部が終るまで数時間を過した訳であるが、何か胸騒ぎに似た不安な感じが絶えず胸に突き上げて来て、眼は舞台に注がれながら、実際は何も見ていなかった。「どうも片脚が長くなったような気がする」と、笹沼の一族には繰り返して云った。妻はいつの間にか席に見えなくなっていた。彼女は多分日赤の甥に電話で相談しているのに違いなかった。菊村さんが誘いに来て新橋倶楽部へ晝の食事を取りに行った時が一番辛かったが、菊村さんには何も話さず、強いて平静を装い通した。遠藤為春氏、山口久吉氏等がテーブルへ挨拶に見えた。私はこれ等の人々と談笑しながら、何か遠い夢の中にいるように感じた。

晝の部が終ると、私はほっとした。長い〳〵不安な時間が漸う無事に過ぎたのである。そしてわれ〳〵三人は笹沼の喜代子夫人、登代子夫人、喜美子夫人等と演舞場の前から銀座の方へ数町歩いてタキシーを拾った。こう云う時に迎いの車を呼ばないで、わざと町を歩いたりする心理は不思議であるが、「己はこの通り歩けるのだ」と云うことを確かめてみたい気持であった。だが又一方、そう云う痩せ我慢をしていることから生ずる不安も募りつゝあった。

福田家へ帰ると、妻はしきりに臥ることをすゝめたが、私はなか〳〵云うことを聞かず、お喜代さんたちとおしゃべりをし、片脚が長く感ずる気持を仕方話《しかたばなし》で説明し、いつものように食卓について皆と夕食を共にした。酒も数杯は傾けた。日赤の甥が駆けつけて来たのは食事が済んでからであったが、血壓を測ると、「叔父さん、すぐ臥なければいけませんよ、血壓が二百二十あります」と云った。(実際は二百四十あったと云う)甥は外科が専門なので、喜美ちゃんが大森に住む養父の江藤博士を呼びに行ったが、妻はその間に芦屋の布施博士に電話で処置を問うた。「瀉血《しやけつ》すると結果が却って宜しくないから、お医者さんにそう云って血を取ることは止めてお貰いなさい」と云うのが布施博士の意見であったが、間もなく来診した江藤博士は、「脳溢血ではないでしょう、恐らく血管の痙攣でしょう」と云い、「まあ少しだけ取っておきましょう」と五〇CCだけ瀉血した。そして笹沼一家と江藤氏とが連れ立って帰ったのは十時頃であった。「叔父さん、くれ〴〵も絶対安静ですよ、便所になんぞ立って行ってはいけませんよ」と、甥もそう云い置いて帰ったが、私は臥たまゝ用を足す気にならず、廊下一つを隔てた厠《かわや》へ歩いて行ったことを覚えている。

四月四日から十二日まで九日間、私は福田家の二階座敷で仰臥していた。五日に江藤氏が来てくれた時は、血壓は早くも百七十に下っていた。「あゝこれで安心、もう大丈夫です、この工合ならまだ五年でも六年でも仕事が出来ますよ」と博士は云った。以後血壓は百七十から百五十の間を往来、日を経るにつれて片脚が長い感じもだん〳〵薄れて行った。江藤氏は前後三回見に来てくれた。甥は殆ど毎日来た。他に笹沼氏夫婦一回、宗一郎氏夫婦一回、登代ちゃんと喜美ちゃん二回、江藤哲夫氏一回等々見舞に見えた。源氏の新訳が「玉鬘」あたりまで進行中で、中央公論社の瀧澤氏が見舞かた〴〵校正刷を持参した時は、病室の外の畳廊下まで歩いて出、椅子に腰掛けて数分間話し、校正刷も臥ながら閲読して手を入れた。東京の桜がどこも満開で、病室の窓へも花が散って来るような気がした。それにつけても、毎年欠《か》かしたことのなかった京都の平安神宮の花見を、今年は遂に逸したことが心残りであった。

四月十三日に甥が附き添って新橋から「いでゆ」に乗車、四時半熱海到着。途中格別のことはなかったが、電車を降りて自動車を乗り降りする時に、自分の足の下の地面が奇妙にすッすッと後方へ走り去る感じ、――ちょうど電車の窓から駛走《しそう》する地面を見おろす時のあの感じ、――がした。そしてこの感じは、その後も自動車に乗ったり町を歩いたりする毎に感ぜられて、暫く続いた。

病勢悪化

こんな工合で、私の第一回の発作は大した事件にもならず、一応収まったようにその時は見えた。四月十七日には発病後始めて書斎に入り、ぽつ〳〵仕事を始めかけていた。源氏の新訳は「胡蝶」「螢」あたりに進んでいた。廿九日には布施博士が見えた。やはり血注療法を続けた方がいゝと云うことで、日赤の甥が二日置き三日置きくらいに施術しに来てくれた。が、血壓は再び次第に上昇する傾向を示し、百八十五、百九十五などゝ云う日が折々つゞいた。私は決して、「病気が軽く済んでよかった」と云う気がせず、「まだ何かしらが起る」と云う豫感がしていた。志賀直哉氏が欧洲旅行に旅立つのを、廿九日に熱海駅頭で見送った時、私は自分の挙措進退が昔日のようでなく、鈍重で元気を欠き、見るからに病人臭くなっているのを自らも感じ、志賀氏と顔を見合わせて何となく心細い気がするのを禁じ得なかった。しかし本心は臆病なくせに、意地っ張りで依怙地なところのある私は、家族たちに怯《ひる》みを見せまいとして、女中を連れて町にも散歩に出、映畫館にもしば〳〵這入った。手足が不自由になった訳ではなし、呂律《ろれつ》が廻らなくなったのでもないが、下駄で歩くと、右足をずる〳〵引き擦るようになったのを、町の人の中には眼敏《めざと》く見とがめて、「何か御病気でもなすったんですか、おみ足が重いようですね」と云う者もあった。越えて六月には十七日に「篝火《かゞりび》」を訳了。十八日から直ちに「野分《のわき》」に移り、廿二日に訳了。廿五日には妻と義妹と三人で上京、その年の秋の東おどりに私の「盲目物語」を里見弴《とん》氏の脚色で上演することになったにつき、菊村さん方で里見氏その他新橋側の人と会合、午後四時半から歌舞伎座に「源氏物語」を見に出かけた。「玉鬘《たまかずら》」の次の幕間に二階の休憩所で大谷社長と新左團次に面会、襲名の祝辞を述べた。廿六日には明治座で歌右衛門の「鏡獅子」、勘三郎の「法界坊《ほうかいぼう》」を見、福田家に二泊して廿七日午後十時頃熱海に帰った。

帰ると、A県のB町に住む灸の名人だと云うNと云う人が待っていた。この人は私の最も懇親にしている、熱海在住のXと云う奥さんの同郷人で、「一度あの人に灸を据えて貰って御覧なさい、私が呼べばいつでも国元から出て来ますから」と、かねてから勧められていたのであった。私は嘗て肛門周囲炎の時に、灸で直すと云う人があったのを頼んで失敗したことがあり、それ以後按摩や鍼の治療は受けるけれども、灸はして貰ったことがなかった。それに私には糖尿病の気《け》があるので、灸は化膿する恐れがあるから止めた方がいゝと医師にも云われていた。しかしX夫人がわざ〳〵遠いA県から招いてくれた名人が待っていると聞かされると、兎も角も試してみる気になり、帰宅早々で、もう夜が更けていたけれども、即座に灸を据えて貰った。N氏は「今夜は初めてゞすから、あまり刺戟しないように少しにして置きます。これから毎日続けて行って追い〳〵数を殖やします。そしてしまいには頭の頂辺《てっぺん》に据えます。それがよく利くのです」と云うことであったが、でも体の方々に可なり沢山据えられたので、私は幾分心配になった。

私はこの時の灸が原因で、その後の不幸が始まったのだと断言する訳には行かない。たま〳〵そう云う病勢になっている時に灸を据えたのかも知れない。しかし翌朝眼を覚ますと、私の体は明かに変調を来たしていた。私は梯子段を上ろうとして、脚が非常に重くなっているのを感じた。そして驚いたことに、一夜にして眼が悪くなり、欄間に掛けてある伊藤博文の額の文字がはっきり読めなくなっていた。依って、折角ではあるが、灸は当分止めて貰うことにし、終日安静にしていたが、その翌日、廿八日あたりから次々と種々な病気が私を襲った。最初に来たのは耳下腺炎で、九度近くの熱が二三日続いた。それが直ると、三叉神経痛が起って、両眼の眼瞼《まぶた》の上が激しく痛んだ。この期間は一週間以上に及んだが、それと同時にあの「いやな前兆」の項に書いた記憶の空白が始まった。廿四年の秋にそれに襲われて以来、ざっと三年振である。廿四年の時は僅か二三十分であったが、今度はそれが約十日ほど続いた。その十日ほどの間の私の不安がどんなものであったかは、誰にも想像することが出来よう。今度は人の名前ばかりでなく、簡単な名詞がいろ〳〵と浮かんで来なかった。私は鰺《あじ》を注文しようとして、鰺と云う名が出て来なかった。試みに仮名を書いてみようとしたが、仮名文字をすべて忘れていた。ちょうどこの病気の最中に笹沼夫人、登代ちゃん、喜美ちゃん等が見舞に来、病室で暫く話したが、私はこの人々と自分との関係はよく分ってい、会話に辻褄を合せることは出来たけれども、名前は誰のも思い出せなかった。でも幸いに笹沼夫人等はそうと気が附かずに帰ったらしかった。

この時の医師は、今は故人となった沼津の飯塚直彦博士であった。この人は布施博士の友人で、かねて布施氏から、「私が来られない時は飯塚さんに見てお貰いなさい、あの人なら信用出来ます」と云われていたので、来診を乞うたのであった。何よりも私が聞きたかったのは、「この記憶喪失が果していつまで続くのか、このまゝ一生廃人になる恐れはないのか」と云うことであったが、飯塚氏は「いや、そんなことはありません」と言下に明瞭に否定してくれた。「これはほんの一時の現象で、脳の記憶を伝達する通路がちょっと塞がったに過ぎません。十日か二十日もすれば必ず回復する筈です」——私はその時飯塚博士がそう云って請け合ってくれた嬉しさを今も忘れることが出来ない。そして実際十日ばかりで漸次に記憶が戻って来た。

めまい

私の眩暈《めまい》が始まったのは、いつからと云う正確なことは云えない。しかしこれもどうも灸に関係があるような気がしてならない。始めて灸を据えた明くる朝から急に額の文字が読みにくゝなったことを思うと、その時から何かしら眼に変化が起ったのではないかと考えられる。そして明かに眩暈を感じ出したのは、三叉神経痛で病臥している時からである。眼を開けて見上げると天井が動く。眼をつぶっていても体が舟に乗っているようにゆらゝと揺れる。私は七月廿八日から八月廿一日まで臥て、ようゝ記憶力も回復し、神経痛も治癒し、廿二日には書斎に行けるまでになったが、眩暈はいつまで立っても直らず、地面が波を打って見えることもあった。眼医者にも見て貰ったが、脳の病気が原因であるらしく、眼には故障がないとのことであった。

一時的に眩暈がすることは誰にもある。しかしそんなのは大概五六分も立てば直ってしまう。ところが私の眩暈は日によって強い弱いはあるが、絶えず止む時なく続いた。その後二三年は特に激しかったが、実を云うとまだ今日でも完全に直り切ってはいない。それについて思うのは、往年私はしば〳〵盲人を取り扱った作品を書いた。たとえば「盲目物語」「春琴抄」「聞書抄《きゝがきしょう》」等々皆然りである。これはその頃大阪の大検校《けんぎょう》（検校と云えばもとより盲人である）菊原琴治氏に就いて地唄を習っていた影響でもあるが、でもその当時、こんなに盲人のことばかり書きたがるのは、ひょっとすると、今に自分の眼が悪くなる前兆ではないか、と云う豫感がしたことがあった。そしてその豫感が今や讖《しん》を成したと云っては大袈裟であるが、多少そう云う感じがしないでもなかった。なお又春に福田家で寝込んだ時、江藤博士は「脳溢血ではあるまい、血管の痙攣でしょう」と云いつゝ、幾分の疑問を残していたが、この執拗な眩暈の状態を見るに及んで、「やはりちょっと出血したのかも知れない」と云い、布施博士も「あの時に小脳の一部が冒されたのでしょうな」と云った。

生れてから六十六歳になるまで、病気の苦悩と云うものを殆ど経験しなかった私、——たまに寝つくことはあっても、半月もすれば軽快になるのが常で、心の底ではそんなに病気を恐れていなかった私に、この時から長い、苦しい、悲しい闘病生活が始まった。青年時代に脅かされた「死の恐怖」は、単なるノイローゼに過ぎなかったが、これからは本当の死がいつ襲って来るかも知れない境涯に入ったことを知った。七月廿四日は私の誕生日なので、夕食に鯛のかしら附、白味噌の吸い物、京都から届いた早松茸《さまつだけ》に加茂茄子の焚き合せ、中央公論社から誕生日の祝いに贈って来た葡萄酒、ベルモット等々で家族達と食卓を囲んだけれども、私の心は一向に慰まなかった。散歩に出ても、足の下の地が動き、眼に触れるものがすべて動くので、妻がさし出す手に摑まったり、杖に縋ったりして、辛うじて数丁の道を歩くに過ぎなかった。下駄を穿くのに、一度にすらりと穿けたことがなかった。必ずどちらかへよろけて倒れそうになり、二三度穿き直してよう〳〵穿けた。廿七日には鎌倉の大佛《おさらぎ》氏を診察に行く途中だと云って布施博士が見え、「何もそんなに悲観することはありません、順調な経過を辿っていますから、追い〳〵快方に向われると思います」と云ってくれたが、私は何だか不安でならず、東京の博士の宿に電話して、帰りにもう一度立ち寄って貰うように頼んだりした。日赤の甥は引き続いて血注をしに来てくれたが、血壓は一八〇――一一〇、一八八――一〇五と云うような日が多かった。

そう云う中でも、私は強情に源氏の仕事と取り組みつゝあった。それは勿論生活のためでもあるが、病苦を紛らすためでもあった。翻訳の仕方は、私が単独で第一稿を作成し、それをタイプライターに取ったものを山田孝雄《よしお》博士、玉上琢弥《たまがみたくや》氏等に順々に送る。そして返送されて来たものに私が再び修正を加える。その上で中央公論社が校正刷に組んで又送って来る。そう云う風にして二度も三度も手を入れるのであるが、眩暈の激しい時はタイプ版や校正刷が二重に見えたり、歪んで見えたりした。幸いなことに、書斎は母屋と離れているので、くたびれると私はペンを投げ捨てゝ十二畳の廣間に打っ倒れて臥た。七、八、九月と、暑熱の日が続いたが、あの年の夏の苦しさは今でもよく思い出す。八月に入って、タイプ版の方は「常夏」「篝火」のあたり、第一稿の原稿は「行幸《みゆき》」あたりに進んでいたが、自分は果してこの新訳を完成し得るであろうかと云う憂慮は、その頃常に念頭を去らなかった。世間にも私の病状が伝えられて、後半の翻訳は誰か他の人が引き受けるらしいと云う噂が立ったりしていた。妻は一切仕事のことに口を挟まないように云い附けられているので、めったに書斎を覗きに来ることはなかった。廣間の外にはさゝやかな庭があったので、私はおり〳〵縁側から庭下駄を突っかけて下りたが、その庭下駄も一度に巧く穿けたことはなく、穿こうとするたびによろけた。庭の植木の葉が風もないのに魔物のように戦《そよ》いで重なり合ったり離れたりして見えたが、それは眩暈がさせる業《わざ》であった。森閑とした部屋の中で、来《こ》し方のこと、行く末のこと、妻のこと、三十五年前に亡くなった母のことなどを考えると、ひとりでに涙が浮かんで来て、どうにもしようのないことがあった。青年時代の「死の恐怖」は、多分に空想的、文学的のものであったが、七十歳に近い今日では、「死」は恐怖よりもひたすらに悲哀をもたらすのみであった。自分が死のことを考えて泣いたのはその時が始めてゞあったが、こう云う風に涙が湧いて止めどがないのは、死期がそう遠くない證拠のように思えた。妻にこの涙を知られてはならないと思うと、又しても涙が出た。

八月廿八日に「行幸」の第一稿が成り、卅一日から「藤袴」にかゝった。義妹は十日ほど前から京都の自分の家に帰っていたが、九月一日に戻って来、彼女の嫁の父、高折博士から私への土産物として託された鈴虫の籠を持って来た。高折氏は外科の高折病院の院長であるが、風流な人で、毎年自分で鈴虫を飼い、音色を楽しむ習いなので、義妹が貰って来た鈴虫は、その夜から美しく啼き始めた。九月二日に、私は妻と義妹に護られて上京、その頃高血壓を直すと云うので評判の高い神経科のQ博士の門を叩いた。これは私の親戚の老婆や知人の某実業家などに教えられたためであるが、診断の結果は初期の動脈硬化症の由で、脳溢血の痕跡はなく、痙攣の程度である、今後二週間安静にして執筆を廃し、当病院の薬を服すれば、血壓、脚の重み、眩暈の感じ等は尋常に復する、二週間分の薬を差上げるから二週間後に又来て御覧なさい、とQ氏は云った。非常に簡単なように云われたので、私は却って拍子抜けがし、本当にそんなことで治癒するであろうかと、心もとない気がしたものゝ、その日のうちに熱海に帰り、兎も角もその翌日から二週間仕事を休むことにした。Q氏の薬には強い睡眠剤が入れてあったと見えて、それから一週間ばかりの間殆ど寝てばかり暮したが、脚の工合は少しよくなったようだけれども眩暈は一層悪化した。

東京のS病院の院長L博士が診察に見えたのは、その月の十三日のことであった。天下に有名なL博士のことはかねてから聞き及んでいたもの丶、私は関西方面の医師に知己が多いわりに東京方面に便宜が少い関係から、つい今日までL博士を煩わす機会がなかったのであるが、「L先生に見て貰わないと云う法はない。その道の権威は何と云ってもL先生を措いて他にはない。僕だったら先ず第一にL先生に見て貰う」と、伊東の泉田氏を始め二三の人がしきりに云うので、幸いL博士に手蔓があると云うX夫人を通じて来診を求めたのである。しかし診察の結果は、大体布施氏の見るところと変りはないように私の前では云った。私は何よりも眩暈の苦しみを訴えたが、脳の血管の一部に障害があるのであろう、高血壓の人にはしば〱見られる症状である、急速に直すことは困難だけれども、どうかした拍子に突然直ってしまうこともあるから、あまり気にしない方がよろしい、読書や執筆も或る程度は差支えない、とL博士は云い、布施博士の自家血注療法、Q博士の投薬等も必ずしも反対せず、続けてやって御覧なさい、灸も悪いとは云わないけれども、頭に据えることだけは絶対に不可である、首から上には決して触れてはなりません、と云うことであった。私はそれで一応の安心を得た訳であったが、その数日後、妻はX夫人から極めて悲しむべき事実を聞いた。L博士は「谷崎氏の病状は楽観出来ない。今後一二年の寿命であろう。谷崎氏の奥さんに話すと御主人に知れる恐れがあるから、奥さんには云う訳に行かないが、あなたにまで御注意申し上げて置く」とX夫人に告げたと云う。妻はそれを聞いてから、私に感付かれまいとして、廊下の隅に行っては泣き、風呂場へ行っては泣き、毎日泣き暮したそうであるが、彼女の繊細な心づかいのお蔭で、私はそれを悟らずにしまった。

ジュウカルチンを戦争中から服用していたことは前に述べたが、その後新薬が紹介されるに従って、実にどのくらい種々な薬を飲んだか知れない。カリクレインはその年の夏布施博士に教えられて、沃度カリと共に飲んだ。Ｌ博士は最近アメリカで用いられているものだと云って、ベリロイドと云う錠剤をすゝめた。これはアメリカン・ファーマシイかＬ博士の病院でなければ得られなかったが、それを熱海の町医のＵ氏が、電話で一々Ｌ博士の指示を仰いで投薬した。Ｕ氏は又、ペニシリンで眩暈を直した覚えがあるから、試してみたらどうですかと云うので、九〇万単位のペニシリンを十日間射して貰ったが、何の効果も現われなかった。高血壓を下げるには渋を飲むに限ると云って、京都二条の「しぶや」の渋をわざ〳〵送って来てくれた親切な友人もあった。だが血壓は依然として高く、一九〇――一一〇、一八八――一一〇と云うような日が続き、時には二〇〇を越すこともあった。カリクレインも、ベリロイドも、「しぶや」の渋も更に利き目が見えなかった。

潺湲亭《せんかんてい》

十月中旬、私はいろ〳〵考えた末に、いっそ気分転換のために京都の家に帰ることを思いついた。これからだん〳〵と寒さに向うのに、底冷えのする京都の地の、分けても冷える下鴨の邸へ戻るのは如何であろうか、高血壓に寒さは禁物の筈であるのに、とも思ったけれども、発病以来熱海の家には鬱陶《うっとう》しい、重苦しい空気がたゞよい、何を見、何を聞いても気がふさぐばかりである。それに私が始めてこの家に移った頃は、この辺は物静かな別荘地帯であったのに、いつの間にか附近の様子が変り、別荘は旅館や藝者屋や会社の寮になり、すぐ前の道を十国峠へ通うバスが日に何回も往復する始末で、病人の私には騒々しさに堪えられなくなりつゝあった。それを思うと、私は俄かに下鴨の邸の閑寂さが恋いしくてならなくなった。もと〳〵この邸は二条の或る度量衡商の別業であったのを、すゝめる人があって譲り受けたもので、建坪はさほどでもないけれども、庭が廣くて林泉の美があり、門の前は鬱蒼とした糺《たゞす》の森に面していた。私はこの邸を「潺湲亭」と名づけ、当時日本に滞在していた銭痩鉄《せんそうてつ》氏に揮毫して貰った扁額を掲げてこの庭を限りなく愛し、毎年春と秋とには缺かさずこゝに戻って過す習慣になっていた。滝があり池があるので、冬は寒く、湿気が多いところから、冬を越すことはめったになかったが、この庭の雪景色の素晴らしさも知らないではなかった。寒いと云っても、それに備える方法がないことはない。四季絶えることのない花木の眺めをほしいまゝにしながら朝夕を過すことが出来たら、気分もどんなにか爽かになるであろう。私はそう思うと矢も楯もたまらず、十月廿日に「梅枝《うめがえ》」の訳が完了したのを機会に、廿三日に立つことに極めた。

血壓は相変らず一九〇を前後していた。眩暈もやはり激しかった。しかし日赤の甥が京都まで附き添ってくれることになり、トリセパミンを朝と正午と二回注射して「はと」に乗った。妻と、義妹と、娘等が同行。汽車の中は、いゝあんばいに周囲の物が揺れ動いているので眩暈を意識せず、思いの外快適に過し、午後八時京都駅に着いたが、ホームに降りると忽ち又猛烈な眩暈を覚え、到底一歩も歩けなかった。依って迎いに出ていた運送店の主人に背負われてブリッジを渡り、辛うじて潺湲亭に入った。そして滝の音を耳にしながら、久し振に味わう京都料理を口にしていると、全く熱海とは違う別天地に来たように感じ、その夜は心から安眠した。

こう云う風な病気の経過を、一々刻明に記してみても無意味であるし、読者諸君にも退屈であるから、以下なるべく簡潔に摘録するにとゞめるが、潺湲亭に戻ってからもそう早速に回復には向わなかった。二三日は気分が紛れて爽快であったが、やがて血壓も眩暈も熱海時代と変らないようになった。迷う時には仕方のないもので、十月の末に、私は又、いつかの灸をたった一回で中止したのは早計であったかも知れない、もう少し続けて据えて貰っていたら利き目が現われたかも知れない、と云う気になった。それと云うのは、熱海の或る旅館の女将があの人の灸ですっかり眩暈を直したと云う話を、その後X夫人から聞かされたためであったが、そう聞くと大事な人を取り逃がしたように感じ、京都からそう遠くないA県のN氏にもう一度来てくれるように頼んで、その月から十二月の末まで時々往復して貰って治療を受けた。N氏は「今度は頭にも据えなければ駄目です」と云うので、L博士があれほど堅く警《いまし》めていた禁を冒して、頭にも何回か据えて貰った。が、結果は悪化する一方で、据えた後では必ず一層眼が廻った。すると或る日、私の紹介でN氏の治療を受けていた祇園の某お茶屋の女将が訪ねて来て、「あの灸はお止めになった方がよござんす、あの灸を据えると、必ず血壓が高くなっていることが分り、医者から注意されましたので私は止めました。今日はそのことをお知らせに来たのです」と云うので、私は又も迷い出し、折角来てくれたN氏を再び体よく遠ざけるようにした。ベリロイドも遂に中止して、「しぶや」の渋を用いたが、それも長くは続かなかった。メイロンと云う重曹の液で作ったものが有効だと云うので、それも暫く続けてみたが、やはり格別の利き目はなかった。或る眼科の医師は、私の眩暈は直上眼瞼不全麻痺と称するものだと云う説であったが、阪大の眼科ではそんな重い病気ではない、必ずそのうちに直るとも云った。十一月から、血壓を下げるに有効だと云うので、週に一回減食日を設けた。その月の十五日には川口松太郎、山口久吉、十六日には吉井勇、里見弴の諸氏が見舞に見え、「何だ、もっと重態かと思ったら、それほどでもないじゃないですか」と川口氏は云ってくれたが、十七日には又猛烈な眩暈が襲った。

病勢やゝ好転

廿八年の元旦が来た。京都で新春を迎えることはまことに何年振かであったが、その日は非常に寒い日で、私は終日引き籠って暮した。茂山千五郎氏、坂東簑助氏一家、中村富十郎氏夫妻などが年始に見えたが、私は挨拶に出ず、妻が専ら応対した。六日頃から今年の都をどりのために「墨塗平中《すみぬりへいじゅう》」の台本の作成にかゝったが、大体は武智《たけち》鉄二氏が私の着想にもとづいて執筆してくれたので、私は少しばかり手を入れたに過ぎなかった。

妻が阪大の西沢義人博士のグルタミールコリンと云う注射液の名を聞いたのは、その前後のことであった。その博士は伊東の泉田氏の親友で、やはり小児科の医師であるが、「西沢氏の発見にかゝる小児麻痺の薬がたま〳〵高血壓症に偉効を奏することが分った。私から連絡して置くから、至急阪大へ行って博士に会い、その薬を試してみるように」と、泉田博士からわざ〳〵電話があったので、十一日に妻は阪大に博士を訪うた。布施博士の次に、私の血壓降下のために盡くしてくれたのはこの西沢博士であるから、左に少しその薬のことを記して置こう。

私は勿論医学に関しては何も知るところがない。従ってこゝに記すのは受け売りに過ぎないが、グルタミールコリンは略してＧＬＣ（今日ではアミコリンと云う名で武田薬品会社から売り出している由）と云い、アミノ酸の中で最も神経に縁の深いグルタミン酸とビタミンB_2群の一つであるコリンとを結びつけたものであると云う。これは薬品と云うよりは栄養素と考えられるので副作用はなく、いくら用いても害はない。無理に血管をひろげて血壓を下げる薬品のような速効はないが、長期に亙って緩徐に作用する。要するにＧＬＣが血壓を下げるのは、内分泌臓器の機能亢進に依って細胞が若返る結果であると云う。しかし小児科医の西沢博士は、小児麻痺のためにＧＬＣを発見したのであって、それが老人病の高血壓症にそんなにも利くものであることを知ったのは、云わば偶然の機会に恵まれたためであった。聞くところに依ると、博士は非常に母親思いの人であったが、博士の母は、博士がよう〳〵学界に認められるようになった昭和九年に脳溢血で倒れ、一週間昏睡状態が続いた後に意識を回復した時は半身不随になっていた。その後廿七年の春頃から母の血壓はいよ〳〵高くなり、心臓も冒されるに至り、肝臓肥大のために腹水が溜り、秋には専門医から絶望の宣告を受けるまでになった。その時博士は萬が一にも効を奏することがあろうかと思って、「お母さん、私の作ったＧＬＣを飲んでみませんか」とすゝめてみたところ、「気分がよくなった。お茶漬が食べたい」と云い出し、それから次第に食慾がつき始めて、遂に立ち上れるようになった。血壓も二三〇あったものが、一ケ月後には一七〇に下った。そう云う訳で、母を救いたい一心から苦しい時の神頼みで飲ませたものが、効を奏した次第であるから、偶然と云えば偶然であるが、されば と云って紛れ当りに当ったと云う訳ではない。理論的には当然なのであるが、まさかこの薬が老衰期にある高血壓患者にこれほど利くとは夢想だもしていなかったと云う意味で、博士自身に云わせれば、「これも親孝行の一徳であった」と云っている。

GLCの効能書が長くなったが、私はこの注射液を半ケ年以上根気よく続けた。博士の云う通り効験はまことに緩徐であったが、やゝともすると二〇〇近くに昇った私の血壓はその年の夏頃になって大体落ち着き、上が一六〇前後、下が八、九〇程度に下った。その間にはメトプロミンなどを使って一時をしのいだこともあったけれども、あとから考えてみると、結局GLCの連用がよかったのであったと思う。この薬が萬人に向くかどうかは疑問だけれども、私の血壓はたしかにこの薬に依って当座の安定を得たのだと思う。尤も、眩暈は依然として続いていた。四月に吉田某と云う指壓師が現われて、必ず眩暈を直してみせると大威張で云い、事実多少の効験を示したけれども、直きに又もとの状態に戻った。そんな間にも仕事は休み〳〵進行していた。五月上旬には「若菜」の下が完了した。私はそれまで助手を使わず、単独で働いていたのであるが、眼が不自由になるにつれて、どうしても秘書を雇う必要を感じ、四五人の人を試みた後に、京都の古い呉服商で舊家《きゆうか》の一人娘である伊吹和子氏に五月中旬から来て貰うことにきめた。この人は京都大学に通うかたわら、澤瀉《おもだか》博士の門に入って萬葉を研究しているので、源氏の翻訳の手伝いをするには申し分がなかった。そして廿五日から伊吹氏の仕事始めに「柏木」の訳にかゝった。もうその頃は私も次第に元気になり、河原町あたりへ散歩に出たり、松竹座や朝日会館を覗いてみたりするまでになった。五月廿一日に私は熱海の仲田の家を売却し、当分山王ホテル内にある知人の別荘を借りることにし、七月五日に京都を立って家族や伊吹氏と共に熱海に行った。八月八日に「夕霧」を脱稿し、十六日大文字の火が燃えている宵に再び入洛、廿九日には早くも「御法《みのり》」を脱稿した。

十月十日に私は京都大学の前川孫二郎教授に潺湲亭へ来診を乞うた。この高名な医学者の名は私は早くから耳にしていたのであるが、阪大と違い、京大には伝手がなかったのと、医者と云うよりは学者と云う感じのあの博士が、果して来診してくれるかどうかと、疑問に思っていたのであった。しかし手蔓を求めて申し込んでみたところ、快く博士は乞いを容れてくれた。診察の結果は、「私はあなたの病状をもっと重態なのかと想像していたが、思いの外軽い。あなたの体は決してそんなに心配するほどのものではない。元来が頑健な体質であるから、あまり取り越苦労をしない方がいゝ。二三年しか保たないと云った人があるとすれば、それは思い違いである」と、極めてはっきりと云ってくれた。以来私は、今日に至るまでずっとこの教授のお世話になって過している。年に二回、春と秋と京都へ行く毎に必ず前川内科を訪い、教授の監督の下に心電図、レントゲンその他厳重な検査を受け、服薬、養生法その他について細かい指揮を仰ぐことにしている。熱海にいても始終電話で連絡を取り、過ちのないようにして来た。

雪後庵

最初に布施博士の自家血注療法、次に西沢博士のグルタミールコリン注射、次に前川博士の細密周到な種々なる手当、大体この三人の方々のお蔭で、私の高血壓症は辛うじて危険の域を脱し軽快に赴いたと云ってゐゝ。その外に灸とか鍼とか指壓とか柿の渋とかいろ〳〵人にすゝめられて試みたけれども、私の経験に依れば、結局正しい科学的治療に依らなければ駄目である。私のような病気の場合にはあれこれと迷うものだけれども、やはり迷わずにその道の権威ある医者を信頼することが第一であることを、私は切に同病の人々に説きたい。かくて私は、日一日と仕事も順調にはかどり、廿九年の七月には、前後四年を費した「新訳源氏物語」を成し遂げることが出来た。これは山田孝雄博士、玉上琢弥氏の援助の効と、伊吹女史のアッシスタントの働きに依ることは勿論だけれども、一時は完成を危ぶまれた時期もあったことを思うと、まことに夢のようである。体の全体の調子が良くなるにつれて、眩暈も大変軽くなり、折々強く襲われることがあっても、暫くじっと怺えていれば収まるので、そう以前のように慌てふためかず、それ程苦にしないようになった。その外には期外収縮に悩んだ一時期があったが、これだけは世田谷成城町の鍼医平方龍男氏の治療が効を奏して、僅か二三回の施術で拭うが如くになった。

その年の四月に、私は山王ホテルの知人の別荘を引き拂って、今住んでいる伊豆山の鳴沢の山荘に移った。その家は河合良成氏の別荘の上にあって、真に景勝の地を占め、錦ケ浦、網代、川奈を始め七つの浦々を遠く望み、天城連峯、伊豆富士と云われる大室山、初島、大島、利島等を眼前に眺めることが出来、恐らく熱海でこれほどの景観をほしいまゝにする地は他にあるまいと思われる。ちょうどその頃中央公論社から発売した「細雪」の縮刷版が非常によく売れ、その印税でこの山荘を手に入れることが出来たので、私はこゝを「雪後庵」と名づけた。いったい熱海は避寒に適した地で、夏には不向きなのであるが、この山荘は冬よりむしろ夏が気持よく、海から吹き込む風に頬を嬲《なぶ》らせながらとろ〳〵と午睡を貪る快感は千金にも換え難い。私はこゝがすっかり気に入ったので、以前のように頻繁に京都へ行くことを止め、こゝに根城を据えるようになった。そうなると自然潺湲亭は不用になったので、数年前に人に譲り、春秋二期に京都へ行く時は義妹の家の二階に泊ることにした。

新訳源氏完成後の三、四年、昭和卅、卅一、二、三の期間は老後に於いて私が最も健康を享受した時代であった。私は見るからに丈夫らしく圓々と肥え、「お年の割りに何と云う元気さであろう。とても七十の御老人とは思われません」と、会う人毎に皆びっくりしたように云った。あのよぼ〳〵と人の手に縋ったり、背負われたりして町を行った面影は何処にもなかった。私はしば〳〵出先にステッキを置き忘れて帰った。長い間睡眠剤と緩下剤とを絶やしたことがなかったのが、それもいつの間にか用いないようになった。源氏の後には久し振に創作「鍵」を書き、「老後の春」を書いた。春ごとに秋ごとに京都北白川の義妹の家で送った日々の、いかに楽しかったことか。四月には先ず鳴沢の雪後庵の後庭に友人を集めて花見の宴を催し、それを済ましてから平安神宮の紅枝垂《べにしだれ》に間に合うように入洛する、それが毎年のしきたりになっていた。食物はすべておいしく食べられた。分けても京都の丹熊《たんくま》の日本料理、東京の小川軒のビフテキは忘れられないものになっていた。酒も相手次第で一合以上二合近くまであふった。そんな風にして去年の十一月の末までは暮した。

私は折々、数え年七十二歳の老人がこんな健康を享受することが出来るのはこの上もない幸福であるが、こゝらで深く警戒しないと、第二の出来事が起るのではないか、と云う懸念が萌さないでもなかったが、会う人ごとに「丈夫だ〳〵」と云われるまゝに、つい油断していた。今にして思えば、去年の秋に前川教授の検査を受けた時、コレステロールが正常値よりも増量しているけれども、老人としては普通の程度で、憂慮すべきほどではない、たゞ心配なのは、年々肥満の度が激しくなることである、何を食べても差支えないが、分量に制限を加えることが何よりも肝要である、それさえ慎しめば先ず大丈夫である、と云われたことがあった。私は教授のその注意を上の空で聞き流した訳ではないが、その言葉の重みをその通りに思料せず、それを実行するためには容易ならぬ覚悟が要ることに考え及ばなかった。そうしてその報いは去年の十一月の廿八日にやって来た。今私は寝たり起きたりの状態にい、前川教授の紹介で、東大の冲中《おきなか》重雄博士、同博士の門下である熱海の中沢徳弥博士の治療を受けているが、冲中、前川両博士とも、必ず直るから神経過敏にならずに療養に努めるようにと云ってくれている。が、いつになったらその時期が来るのであろうか、兎に角今の苦しさは前回の比ではないように感ぜられる。私は何とかこの時期を克服して、他日再びこの経験を物語る時のあるのを望んでいる。

この思い出ばなしには年齢や事柄に関して二三の思い違いがあるけれども、それを訂正する段になると、書き直しをしなければならない部分が非常に多くなるので、さしあたりこのまゝにして置いた。

（作者追記）

（昭和三十四年四月—六月「週刊新潮」）

四月の日記

十二日、晴。午前十時寝室にて家人に血壓を測ってもらう。この二三ケ月来カリクレインのデポの連用が功を奏し、大体成績良好にて上は一六〇前後、下は八〇前後の日が多いのに、どう云う訳か今日は最高一八〇以上、下も一〇〇前後あり。午後のハトにて京都へ出発の豫定なるに生憎《あいにく》のことなり。アンソライセン一錠、セルパシル 0.1mg 三錠を服用三〇分程度寝台に安臥した後再び測ってもらう。依然として降下の模様なし。いっそ今日は出発を見合わせた方がよろしからんと家人は残念そうに云う。毎年平安神宮の花は十三四日が見頃であるのに、ことしの花は例になく早く、「八日か九日が満開ですからそのつもりで出ていらっしゃい」と先日吉井勇夫人より家人宛電報が来ていたに拘わらず、既に十日を過ぎているので、家人も実は気が気でなく、予の体を案ずる一面、花に後れることを恐れる念も切なるものがあるらしい。予も亦思いは同じであるから更にアンソライセン一錠、セルパシル二錠を追加し、なお安臥すること三〇分にして三たび測ってもらう。下は矢張一〇〇であるが、上は辛うじて一七〇台に降る。依って出発することにきめ、午後一時半駅に向う。熱海の花はもはや大半散り果てたけれどもまだ沿道にところ〴〵咲き残っているのが見えるので、この工合なら多分京都も大丈夫であろうと思う。恵美子時子森山さん阿部さんら見送る。気のせいかいつもより眩暈が少し激しいように感じられるが、云うと心配しそうなので人には語らず。家人は動き出すと間もなく、「今日はこれを飲んでお置きなさい」と鎮静のためにアダリン二錠をすゝめる。年を取るとちょっとした旅行にもこんな風に気を使わなければならない。すぐに薬が利いて来て名古屋に着く時分まで半睡半醒の状態になる。家から持参の夜の弁当を、名古屋に着くのを待ちかねて開くのが習わしになっているのに、今日は一向食慾が起らず、開く気にならない。やはり調子が尋常でないことを悟る。それにおかしいのは、先刻からたび〳〵尿を催して便所に行くのだが、催していながら一滴も出ない。前立腺肥大で尿の出が悪くなることは老人には普通の現象だそうで、前にも一回、便通のない日に京都から熱海まで乗った時にこんなことがあり、降りてから熱海国立の泌尿科へ駆けつけて導尿してもらったことがあった。そう云えば今朝も便通がなかったことを思い出す。気になるので何度も便所へ行って見るが出ない。弁当も遂に開ける気にならない。平素食慾旺盛な予としてはまことに珍しいことである。七時二十何分京都着。毎日の横山さん、高折夫人、千萬子、たをり等出迎える。今日も導尿してもらうより仕方がないので、そのまゝ御池木屋町高折病院に直行。院長は太秦《うずまさ》分院に出張中の由で、原田助手に事情を訴える。「もうすぐ院長が帰られますから」と云うことでしばらく待つ。約二十分後院長帰院。診察室に招かれる。痛くないように豫め注射してもらったけれども、ゴム管が尿道を通る時にどうしても多少の苦痛を伴う。「大分溜っていますな」と云いながら院長が下腹部をおさえて押し出してくれる。よう〳〵スッとする。「尿が溜ると血壓も上るんですよ。これで血壓が下った筈です」と云う。果して上は一四

○、下は六〇になっている。一遍に空腹を感じ出す。………

十三日（日曜）、晴。誰に聞いてももう花は遅いと云うことであったが兎も角もとて午後三時より家人義妹千萬子と四人にて平安神宮に行く。幸なるかな紅枝垂《べにしだれ》は遅いどころか真っ盛りで艶色こまやかである。今年もついに間に合ったのは望外の喜びなり。帰途深泥池《みぞろがいけ》の圓通寺、詩仙堂をドライブして午後五時帰宿。

十四日、晴。東京に出張中の清治夜行にて今朝帰洛。依って午後より小型二台を連ね、一台に家人と義妹とたをりと私、一台に清治夫婦が乗り、もう一度平安神宮の花を見に行く。四時神苑を出て祇園吉初に至り小憩の後都踊を見物。井上八千代さん小濱さんらに面会。六時半退場丹熊《たんくま》に至り夕食後義妹とたをりは帰宅、他の四人はナイトクラブ田園に至る。東京日劇M・Hで名を売ったヌードダンサーの春川ますみが本日より三日間、招かれてこゝのナイトショウに出ることが今朝の新聞に出ていたのを清治が見付け知らせてくれたので、思わぬ所で思わぬ人に会えることを喜び、急に行って見たくなったからである。早過ぎるので客は一人も来ていない。刺を楽屋に通じると、春川さんは九時半にならなければ来ませんと云う。まだ八時前なので一旦退場、京極のSY京映で「青春物語」を中途から中途まで一時間程見てから引き返す。「只今じきに伺います」とますみ嬢から挨拶がある。清治と千萬子とはその間に早くも踊っている。予も若夫婦に負けない気になり、家人を促して踊場に立つ。十年来踊ったことはなかったのであるが、近頃熱海にナイトクラブが出来、そこで二三度踊る癖がついたのである。ワルツを少し踊りかけた時、ますみ嬢がテーブルの方へ見えたらしいので、踊りを止めて席に戻り、久闊を叙する。M・Hを止めてからどこへ行っていたのか様子が分からなかったので、あれから後の動静を聞く。M・H時代より少し体が肥え過ぎたように思われる。京都にいるうちにもう一度会う約束をする。九時半から始まった彼女のショウを見終って退場。十一時頃帰宿。

十五日、晴。寒さが急にぶり返し今朝は霜が降りたと云う。京都は花が散ってからこう云う寒い日があることは珍しくない。家人と義妹は朝日新聞が大阪中之島に新築したフェスティバル・ホールにレニングラード交響楽団を聞きに行くとて正午頃から出かける。予は留守番をし、二階で按摩を取ろうとしていると、「関千恵子さんがお見えになりました」と云う。千恵子嬢が撮影で入洛することは聞いていたので、予もこちらへ来ることを知らせては置いたのだけれども、自動車も通わないこの分りにくい宿がどうして分ったかとびっくりする。按摩を止めて二階へ通す。今井正監督の「夜の波紋」で来ているのだが、彼女の場面がなか〳〵始まらないので暇で困っていると云う。昨夜も都踊で杉田弘子を見かけたが、彼女も同じ撮影で来ていたことを知る。予はこれから松竹座へ「夜の鼓《つづみ》」を見に行こうかと思っていたのだが附き合いませんかと云うと、千惠子嬢もあれが見たかったんですと、すぐ賛成する。都合よくちょうど「夜の鼓」が始まるところへ入場する。最近に見た日本物では「螢火」にや丶感心したが、「夜の鼓」はそれ以上である。白黒の地味な映畫であるが、しばらく見ているうちに忽ち惹き入れられる。近松の原作はもう記憶に残っていないので比較することは出来ないが、これだけで見ても十分に人を動かす。この劇では姦通と云う題であったのを改題したのだそうであるが、「夜の鼓」の方がよい。この劇では姦通した女お種《たね》がほんとうに美貌であることが大切であるが、その点で有馬稲子は中分がない。稲子は演技も勿論勝れているけれども、彼女があ丶云う天成の美女でなかったら、これほど人を動かす映畫にはならなかったかと思う。彼女の美貌は前からよく知っていたけれども、眉を剃り、鉄漿《かね》を染め、片外《かたはずし》に結った姿が実によく似合う。これを見ていると、予も徳川時代の武家に生れてあ丶云う姿をした女房を持って見たい気になる。この役は前に山田五十鈴が演じたいと云っていたそうであるが、今の五十鈴では演技にソツがある筈はないが、艶姿に於いて稲子に及ばなくはないか。森雅之《もりまさゆき》の鼓師、三國連太郎の彦九郎、東野《とうの》英治郎の又左衛門、雪代敬子のお藤、日高澄子のおゆら以下の役々もそれぞれ悪くない。彦九郎が姦通されてもなおお種に未練のある心持、左右に迫られて是非なくお種を斬って捨て丶から、京へ上って宮地を討ち果たすまで、茫然と放心したようになって動いている心持、等々がまことによく表現されている。彼の心境はいかさまこうであったろうと同情出来るが、それもこれもお種があんなに美しいからである。祇園囃子の聞える中で、握り締めた刀を振り捨てゝ魂が抜けたように宮地の屍骸を見詰めている彦九郎に引きかえ、しっかり者の妹のおゆらが「因州鳥取藩士小倉彦九郎、尋常の妻仇討《めがたきうち》云々………」と、群集に向って叫ぶところもよく出ている。ところ〴〵、低い声でひそ〴〵と物を云うべき場合に大声で話しており、磯部が宮地に邪魔をされて「今のは冗談だ」とわざと怒鳴りながら出て行くあたりなど、殊に気になるが、大体に於いて不自然な点は少い。近頃大変感心した映畫であるが、初日だと云うのに二階の席が割りに溥いのは、餘り一般向きがしないのであろうか。六時半終了。千惠子孃を誘って今日も亦丹熊《たんくま》に行く。さっき出がけに約束して置いたので、千萬子とたをりがこゝへ来て参加する。九時頃三人で千惠子孃を宿へ送り届けて帰宿。

（昭和三十三年七月号「心」）

文壇昔ばなし

○

昔、徳田秋声《しゅうせい》老人が私に云ったことがあった、「紅葉《こうよう》山人が生きていたら、君はさぞ紅葉さんに可愛がられたことだろうな」と。紅葉山人の亡くなったのは明治卅六年で、私の数え年十八歳の時であるが、私が物を書き始めたのはそれから約七年後、明治四十三年であるから、山人があんなに早死にをしなかったら、恐らく私は山人の門を叩き、一度は弟子入りをしていたゞろうと思う。しかし私は、果して秋声老人の云うように山人に可愛がられたかどうかは疑問である。山人も私も東京の下町ッ児であるから、話のウマは合うであろうが、又お互に江戸人に共通な弱点や短所を持っているので、随分容赦なく腹の底を見透かされて辛辣な痛罵などを浴びせられたに違いあるまい。それに私は山人のように生《き》一本な江戸ッ児を以て終始する人間ではない。江戸ッ児でありながら、多分に反江戸的なところもあるから、しまいには山人の御機嫌を損じて破門されるか、自分の方から追ん出て行くかしたゞろうと思う。秋声老人は、「僕は実は紅葉よりも露伴を尊敬していたのだが、露伴が恐ろしかったので紅葉の門に這入ったのだ」と云っていたが、同じ紅葉門下でも、その点鏡花《きょうか》は秋声と全く違う。この人は心の底から紅葉を崇拝していた。紅葉の死後も毎朝顔を洗って飯を食う前に、必ず舊師《きゅうし》の写真の前に跪いて礼拝することを怠らなかった。つまり「婦系図《おんなけいず》」の中に出て来る真砂町《まさごちょう》の先生、あのモデルが紅葉山人なのである。或る時秋声老人が「紅葉なんてそんなに偉い作家ではない」と云うと、座にあった鏡花が憤然として秋声を擲《なぐ》りつけたと云う話を、その場に居合わせた元の改造社長山本実彦から聞いたことがあるが、なるほど鏡花ならそのくらいなことはしかねない。私なんかももし紅葉の門下だったら、必ず鏡花から一本食わされていたであろう。鏡花と私では年齢の差異もあるけれども、あゝ云う昔気質《かたぎ》の作家はもう二度と出て来ることはあるまい。明治時代には「紅露」と云われて、紅葉と露伴とが二大作家として拮抗していたが、師匠思いの鏡花は、そんな関係から露伴には妙な敵意を感じていたらしい。いつぞや私が露伴の話を持ち出すと、「あの豪傑ぶった男」とか何とか、言葉は忘れたがそんな意味の語を洩らしていたので、鏡花の師匠びいきもこゝに至っていたのか、と思ったことがあった。

○

紅葉の死んだ明治卅六年には、春に五代目菊五郎が死に、秋に九代目團十郎が死んでいる。文壇で「紅露」が併称された如く、梨園では「團菊」と云われていたが、この方は舞台の人であるから、幸いにして私はこの二巨人の顔や声色《こわね》を覚えている。が、文壇の方では、僅かな年代の相違のために、会い損っている人が随分多い。硯友社《けんゆうしゃ》花やかなりし頃の作家では、巌谷小波《いわやさざなみ》山人にたった一回、大正時代に有楽座で自由劇場の第何回目かの試演の時に、小山内薫に紹介してもらって、廊下で立ち話をしたことがあった。山人は初対面の挨拶の後で、「君はもっと背の高い人かと思った」と云ったが、並んでみると私よりは山人の方がずっと高かった。「少年世界」の愛読者であった私は、小波山人と共に江見《えみ》水蔭《すいいん》が好きであったが、この人には遂に会う機会を逸した。小波山人が死ぬ時、「江見、己は先に行くよ」と云ったと云う話を聞いているから、当時水蔭はまだ生きていた筈なので、会って置けばよかったと未だにそう思う。小栗風葉《おぐりふうよう》にもたった一遍、中央公論社がまだ本郷西片町の麻田氏の家の二階にあった時分、瀧田樗陰《ちょいん》に引き合わされてほんの二三十分談話を交した。露伴、藤村、鏡花、秋声等、昭和時代まで生存していた諸作家は別として、僅かに一二回の面識があった人々は、この外に鷗外、敏、魯庵、天外、泡鳴、青果、武郎《たけお》くらいなものである。漱石が一高の英語を教えていた時分、英法科に籍を置いていた私は廊下や校庭で行き逢うたびにお時儀をした覚えがあるが、漱石は私の級を受け持ってくれなかったので、残念ながら謦咳《けいがい》に接する折がなかった。私が帝大生であった時分、電車は本郷三丁目の角、「かねやす」の所までしか行かなかったので、漱石はあすこからいつも人力車に乗っていたが、リュウとした対《つい》の大島の和服で、青木堂の前で俥《くるま》を止めて葉巻などを買っていた姿が、今も私の眼底にある。まだ漱石が朝日新聞に入社する前のことで、大学の先生にしては贅沢なものだと、よくそう思い〳〵した。

○

京橋の大根河岸あたりだったと思う、鏡花のひいきにしている鳥屋があって、鏡花、里見、芥川、それに私と四人で鳥鍋を突ッついたことがあった。健啖で、物を食う速力が非常に速い私は、大勢で鍋を囲んだりする時、まだよく煮え切らないうちに傍から〳〵喰べてしまう癖があるのだが、衛生家で用心深い鏡花はそれと反対に、十分によく煮えたものでないと箸をつけない。従って鏡花と私が鍋を囲むと、私が皆喰べてしまい、鏡花は喰べる暇がない。たび〳〵その手を食わされた経験を持っている鏡花は、だから豫《あらかじ》め警戒して、「君、これは僕が喰べるんだからそのつもりで」と、鍋の中に仕切りを置くことにしているのだが、私は話に身が入ると、ついうっかりと仕切りを越えて平げてしまう。「あッ、君それは」と、鏡花が気がついた時分にはもう遅い。その時の鏡花は何とも云えない困った情ない顔をする。私は相済まなくもあるが、その顔つきが又おかしくて溜らないので、時にはわざと意地悪をして喰べてしまうこともあった。その鳥屋でもそうであったが、芥川は鏡花が抱き胡坐《あぐら》をしているのに眼をつけて、「抱き胡坐をする江戸ッ児なんてあるもんじゃないな」と云っていた。人も知る通り鏡花は金沢人だけれども、平素江戸ッ児がっていた人である。鏡花の大作家であることについては、芥川も私も無論異存はなかったけれども、江戸ッ児と云う感じには遠い人であることにも、二人とも異論はなかった。

○

肌合いの相違と云うものは仕方のないもので、東京生れの作家の中には島崎藤村を毛嫌いする人が少くなかったように思う。私の知っているのでは、荷風、芥川、辰野隆《ゆたか》氏など皆そうである。漱石も露骨な書き方はしていないが、相当に藤村を嫌っていたらしいことは「春」の批評をした言葉のはしぐ〳〵に窺うことが出来る。最もアケスケに藤村を罵《のゝし》ったのは芥川で、めったにあゝ云う悪口を書かない男が書いたのだから、餘程嫌いだったに違いない。書いたのは一度だけであるが、口では始終藤村をやッつけていて、私など何度聞かされたか知れない。そう云う私も、芥川のように正面切っては書かなかったが、遠廻しにチクリチクリ書いた覚えは数回ある。作家同士と云うものは妙に嗅覚が働くもので、藤村も私が嫌っていることを嗅ぎつけており、多少気にしていたように思う。そして藤村が気にしているらしいことも、私の方にちゃんと分っていた。しかし藤村には又熱狂的なファンがあって、私の舊友の中でも大貫晶川《おおぬきしょうせん》などは藤村を見ること神の如くであった。彼は私と同じく東京一中の出身であるが、生れは多摩川の向う川岸の溝ノ口あたりであるから、東京人とは云えないのである。正宗白鳥氏は私の藤村嫌いのことを多分知っていて、故意に私に聞かせたのではないかと思うが、数年前熱海の翠光園で相会した時、今読み返してみると藤村の作品に一番打たれると云っておられた。

○

中央公論の名編輯長と謳われた瀧田樗陰《ちよいん》とは、彼が大正十四年に四十四歳で病死する二三年前まで、十年前後の附合いであったから、可なり親しくしていたには違いないが、一緒にお茶屋遊びをしたようなことは殆ど数えるほどしかない。何かの会合の崩れで、近松秋江、長田幹彦、私、それに樗陰が加わって、神楽坂の待合で遊んだことがあったが、誰も懐中は乏しかったので、翌朝連名の手紙を女中に持たせて矢来の新潮社に無心を申込んだことがあった。樗陰が一枚加わっていて、どうして新潮社に申込んだのか、その間の事情は思い出せないが、兎に角樗陰がいたことだけは確かである。幹彦氏や私の売り出しの時分で、「この御両人の名があれば大丈夫貸してくれますな」と秋江が云ったが、果して使いは直ぐ金を持って帰って来た。この時の外に樗陰と待合に泊った記憶は一つもない。原稿を頼みに来る時、樗陰は必ず人力車を飛ばして来、俥を待たせたまゝ私を玄関に呼び出して、立ち話で用を足すと又直ぐさっと出て行ってしまう。めったに上り込んで座敷へ通ることはなかった。私の方からも西片町の彼の家をしば〳〵訪ねた覚えはあるが、彼は決してお上り下さいとは云わなかった。玄関の板の間に座布団を出して私を坐らせ、自分は畳の方にいて、通せん坊をするように膝を乗り出して話を聞く。時にはそんな風にして一時間以上もしゃべり続ける。こっちから出かけて行くのは、どうせ原稿料の前借りをする時に決っていたが、或る時、多分借り越しが重なっていたのでもあろう、「ではこうして下さい」と、七子《なゝこ》の可なり大型の両蓋の金時計を持って来て私に渡し、「麻田さん（当時の社長）にもそうたび〳〵は云いにくいから、これで一時都合して下さい」と云ったことがあった。私は見え透いた細工をされているようで不愉快であったが、急場の必要に迫られているので、仕方なくそれを受け取って、その頃一高の近所にあった、学生時代から私の行きつけの質屋に持って行き、その時計（鎖附きであったかどうか忘れた）で六十圓借りた。私はそれを借りた帰りに西片町にいた長田秀雄を訪ねたが、「今樗陰のところでこれ〳〵であった」と、多少憤慨の気味で話をすると、「樗陰も変なことをするじゃないか、僕が出して上げるからそんなものは返してしまい給え」と、秀雄が即座に工面してくれた。

○

今なら自家用車と云うところだが、樗陰はいつも人力車であった。それも最初はお抱え俥ではなかったらしく、近所の車宿から雇っていたが、後には専用の車夫と車台を持っていた。赭《あか》ら顔の、でっぷりと太った肥大漢の彼が、颯爽と風を切って本郷の大通りを走らせて行く風貌は、往来でも一と際目立ったので、「あ、樗陰だな」と、遠くから直ぐ分った。私の眼には、この人力車の上の彼の姿が一番印象に残っている。当時は今より和服の人が多かったのであるが、樗陰は常に和服であった。洋服姿の樗陰と云うものを私は思い出すことが出来ない。顔の輪郭は、今の豊竹山城少掾《とよたけやましろのしょうじょう》、当時の古靱《こうつぼ》太夫によく似ていたので、山城氏を見ると必ずありし日の樗陰を思い出す。尤も山城氏は生粋の浅草ッ児、樗陰は秋田の産であるから、樗陰の方がどこか荒削りなところがあり、山城氏のような圓満柔和な相を具えてはいなかった。言葉も最後までズウズウ弁が抜け切れなかった。殊に耳についたのは、「だった」と云うのを「であった」と云った。「昨日《きのう》は愉快だった」と云うのを「昨日は愉快であったナ」と云う風に云う。私はよく樗陰のこの「であった」の真似をして人々を笑わせた。山城氏は今日でも当代の美男子たるに背かないが、樗陰も秋田系の好男子であった。たしか下谷辺に好きな人があると聞いていたが、前述の如く私はそう云う附合いをしたことがないので、その人に会ったことはなかった。その辺の消息は、故人では田中貢太郎《こうたろう》、現存の人では村松梢風《しょうふう》氏あたりが委しい筈である。但し上山草人《かみやまそうじん》の正妻であった山川浦路の妹で、後に女優になって夭折した上山珊瑚、——彼女には大分思《おぼ》召《しめし》があったらしい。或はたゞの関係ではなかったかも知れない。雑誌「中外」の社長内藤民治氏が出資して草人夫婦を渡米させた時、出帆間際まで内藤氏の金が届かないので草人が大騒ぎをしたいきさつは、「上山草人のこと」に書いてあるから省略するが、その時浦路に泣き着かれて樗陰が五百金を投げ出したのは、珊瑚のことが意中にあったからかも知れない。と云うのは、手の早い草人は珊瑚にもチョッカイを出していたので、夫婦をアメリカへ立たせてしまえば、珊瑚を自由になし得ると云う腹であったかとも思える。

○

昔の雑誌編輯者と云うものは一見識を具えていて、なか〳〵圭角があった証拠として、樗陰の例を二つ三つ引いて置こう。私が知っているのでは、樗陰が最も嫌っていたのは鈴木三重吉であった。三重吉の悪口を私はたび〳〵樗陰から聞かされた。三重吉も彼のことを可なり悪しざまに語っていた。しかしこの二人が不和になった原因は何であったか忘れたが、三重吉の次に樗陰と激しい衝突をしたのは小山内薫で、この場合は小山内の作品が樗陰の意に満たず、その理由を詳細に書き送って、原稿を突ッ返したのが事の起りであった。この時のことを「瀧田君を憶ふ」と云う題で小山内自ら書いているから、ちょっとその一部を引用すると、

「たうとう仲直りをせずにしまつた。」

瀧田君が亡くなつたと聞いて、私が直ぐ思つたことはこれだつた。

（中略）

喧嘩といふ程の喧嘩をしたのでもなかつた。今になつて考へて見ると、私の方にも随分落度はあつた。

「高師直《こうのもろのお》」といふ小説を二回続きで中央公論へ出して貰つた時だつた。第二回目の原稿——それも実は第一回分と一緒に出す筈だつたが遅れたのだ——が、ひどく遅れて、

締切間際になつても、日に五枚七枚とぽつりぽつりしか出せなかつた。瀧田君はたうとう肝癪玉を破裂させてしまつた。もう少しで原稿を渡し切るといふ間際に、今度の作はだめだといふやうな猛烈な悪評を書いた手紙に、渡しただけの原稿を添へて送り返して来た。

始めてそんな目に会つたので、こつちもすつかり肝癪を起してしまつた。原稿が遅れたのは如何にも悪いが、何もおれの作を罵倒する必要はない。おれが中央公論へ寄稿するのは、おれの作を瀧田樗陰に見て貰つて、その批判を仰がうとするが為ではない。原稿が遅れたので腹が立つなら、飽くまでもその罪を責めるが好い。おれの作の悪口を言ふ必要はない。とばかりで、すつかり真赤になつてしまつた。

（下略）

と、こうである。しかし私が樗陰から直接聞いたのでは、小山内の「原稿が遅れたので腹が立っ」たのではなく、書き方がいかにも拙劣で、やッつけ仕事で、読むに堪えないから突ッ返したのだと云っていた。小山内が心から打ち込んでいた仕事は演劇にあって、小説の方は、幾分か生活の足しに書いていたようなものであるから、たしかに「高師直」などは餘り出来のいゝ作品ではなかった。芥川もこの喧嘩では樗陰の味方をして、「小山内の書くものには Intensity（緊密さ）と云うものが全く欠けている」と云っていたが、私もそれには賛成であった。多分その時であったと思うが、「Intensity の濃度と云う点では、私志賀直哉が一等だな」と私が云うと、芥川も「その通りだ」と大いに同感の意を表していた。それはまあ餘談であるが、いくら駄作だとは云っても、小山内薫ともあろう人の創作を、而も前半を掲載して置きながら、後半を不出来であると云う理由で突ッ撥ねると云うのは、相当の勇気を要することである。それにしても、小山内の「高師直」の時代から見ると、今日の時代物文学の発達はまことに眼ざましいと云わねばならない。もはや現代では「高師直」程度の作品は通用しなくなっている。

○

ところで、かく云う私も、樗陰の晩年になって、すっかり彼に嫌われてしまったらしい。尤も私は原稿を突ッ返された覚えはない。が、大正十二年正月号に中篇物を掲載したのを最後として、十四年に彼が病死するまで、遂に彼から原稿の依頼を受けたことはなかった。それどころか、彼は長文の手紙を二三度も寄越して、「近頃の君の書くものは感心出来ない」と、可なり露骨に云って来た。たしかその時分、里見君が時事新報に「多情佛心」を連載し、私が朝日新聞に「肉塊」と云うものを連載中であったが、樗陰は「里見君のものに比較して君の作品は甚しく見劣りがする、しっかりし給え」と云うのであった。私を激励するつもりも多少あったかも知れないが、「どうも歯痒《はがゆ》くて見ていられない、もう君なんぞに用はない」と云った悪意も含まれているように聞えた。こんな工合に、原稿の注文をしないだけでなく、積極的に、進んで喧嘩を売りに来るなんて編輯者は、樗陰の外には見たことがない。私はしかし、当時スランプに陥っていて、我ながら自分の書くものが気に入らなかったので、樗陰の手紙にもそう腹は立てなかった。で、「事実このところ巧く書けないで困っている、君の言にも一理はあると思う」と云うような返事を出した覚えがある。

○

喧嘩を売ると云えば、大正五年に、生田《いくた》長江《ちようこう》が新小説の誌上に「自然主義前派の跳梁」と云う題で、白樺派――と云うよりは、主として武者小路実篤氏を目がけて凄じい攻撃の矢を放ったのは、頗《すこぶ》る威勢のいゝものだったので、忽ち文壇にセンセーションを捲き起した。「ここに武者小路実篤という人がある。私はこの人の書いた物を、ほんの少しばかりしか読んでゐないが、その事の為めに私の非難されねばならない理由は、一もないということを確信して置いてから私の議論を進めよう。」と、云ったような調子で、

所謂白樺派のもつてゐる悪いところとは何であるか。精一杯手短かな言葉に代表さして云へば、「お目出度き人」と云ふ小説か脚本かを書いた武者小路氏のごとく、皮肉でも反語でもなく、勿論何等の漫罵でもなく、思切つて「オメデタイ」ことである。再びことわつて置く。私は右の「お目出度き人」と云ふ小説だか脚本だかをまだ読んでゐ

ない。そしてまだ読んでゐないのをちつとも悪い事だと思つてゐない。加之、あの小説だか脚本だかを読んでゐないでも、武者小路氏及び氏によつて代表されてゐる所謂白樺派の文藝及び思潮が、本当にオメデタイものであることを言明し得られると思つてゐる。と、徹頭徹尾こんな書き振で、約二十枚ぐらいの長きに亙って書き続けているのだが、煎じ詰めれば上に引用したような言葉に盡きる。つまり相手に腹を立てさせるのを目的にして漫罵を連ねているのである。「あんなスキマだらけな乱暴な書き方をしないでも、もう少し書きようがあったのではありませんか」と、或る時私が長江に云うと、「いや、議論を吹ッかける場合には、わざとスキマを拵えて置く方がいゝんです、そうしないと敵が乗って来ないんです」と云っていたが、なるほど評論家にはそう云う心得が必要なのかな、と感心したことがあった。若き日の武者君も黙っていない方だったからなかなか辛辣に応酬し、長江が「僕をからかうのは、五六年おくれて僕の落とし穴におっこったようなものだ」とか、長江を「ゼロ頭」だと云い、「氏は之から氏の頭のいゝ処を見せてくれるそうだから、黙って見ていようと思う。どっちの云うことが本当か。『時』が知らせてくれる。」など、応じている。私は最初から武者小路びいきだったので、長江の説には賛成出来ず、評論家があんなことを書いて一時の快を貪るのは自らを軽んずる所以である、もう二三年も立てばどっちの云うことがほんとうか自然に分る、それこそ「時」が知らせてくれる、その場合のことを考えたらうっかりあんなことが書ける訳のものではない、と思っていたが、果して私の豫想していた通りになった。が、今から思い返してみると、長江があんな喧嘩を吹ッかける気になったのは、彼の病気が重な原因だったのではあるまいか。つまり、これは私の臆測であるが、ハンセン氏病を病んでいた彼は、こんな病気に負けてなるものか、敢然として世に闘いを挑んでくれよう、と云う料簡から、恰好な挑戦の相手として白樺派に白羽の矢を立てたのではあるまいか。餘りにも穿ち過ぎのようだけれども、私にはどうもそんな気がする。そうだとすれば、矢を立てられた武者君こそ飛んだ迷惑だったと云わねばならない。長江の病気のことは、世間一般はどうか知らず、われ〳〵仲間は皆よく知っていた。あの病気の黴菌《ばいきん》は、伝染力は極めて弱いものだけれども、鼻汁から感染し易いものであるから、長江の行く床屋《とこや》へ行かないようにする方がいゝ、長江の鼻毛を剃《す》った剃刀《かみそり》で鼻毛を剃られたら危険である、と云うことで、われ〳〵は長江の行きつけの床屋を調べたりしたことがあった。長江は又、わざとわれ〳〵に馴れ近づいて、われ〳〵が彼の病気をどの程度恐れているか、その度合いを試験して自ら快とするような傾向があった。彼にしてみれば、これも「病気に負けてなるものか」と云う心理が働いていたのかも知れないが、彼がわれ〳〵から嫌われたのは、そう云う行為が重な原因であったと思う。私なども、彼と食事を共にするようなハメになることを努めて避けていたが、「中外」の内藤民治氏に誘われて、已むを得ず赤坂や新橋のお茶屋へ彼と同行したことが二三度はある。長江の顔はまだその時分はそれと分るように相好《そうごう》が崩れてはいなかったが、両方の眉根の上に赤くテラテラした角《つの》が出来、手の指が二三本硬直して動かなくなっていた。「どうなさいましたの」と藝者が尋ねると、「どうもリウマチでね」とか何とか胡麻化していたが、その手で飲んだ杯を平気で誰にでも差した。私はその頃禁酒中だったので、幸いに難を免かれたが、藝者は勿論、勇敢な内藤氏はいつもそれを受けて返していた。私も或る日、草人と彼と三人で自動車で何処かへ出かけた時、「ちょっとその時計を見せて下さい」と云われて、仕方なく篏めていた腕時計を外して渡したことがあった。すると長江はそれを受け取って、散々いじくり廻した揚句、自分の手に篏めてみてから私に返した。これなどは、全く人を困らせるのが目的であるとしか思えなかったので、私はひどく腹を立てゝ、返された時計をわざと気味《きび》悪そうに指の先で摘まみ上げて見せた。そして車を降りてから、それをアルコールに漬けてから篏めた。それなどはまだいゝ方で、佐藤春夫は有楽座の廊下で彼から吸いかけの葉巻を与えられて、処置に窮していたのを現に私は傍で見ていた。佐藤は彼と師弟の関係にあり、彼の家の書生をしていた因縁もあるのだが、それにしても餘りに非常識千萬であった。尤も世間には内藤氏以上に勇敢な人もいるもので、武林《たけばやし》無想庵《むそうあん》は酔っ拂った勢いで長江に抱き着き、「君は癩病だそうだねえ」と喚きながら頰ッぺたにキッスしたそうである。芥川は芭蕉の門人で長江と同じ病気を患っていた森川許六の例を引き、「昔許六は自分の姿の醜いのを耻じ、屛風を隔てゝ人と語るのを常としたが、客が是非お顔を見せて下さいと云うと、始めて屛風の蔭から出て来て臆する色もなく対面し、従容として俳論を闘わしたと云うが、この話を長江にも聞かせてやりたいな。長江もそう云う風にしたら天下の同情が翕然《きゆうぜん》として集ることは明かだのに、彼は最も下手な遣り方をしている」と云っていた。そう云えば、長江には可愛いお嬢さんがいたので、われ〳〵は蔭ながら心配をし、病気が移らないうちに何とかあの児を別居させてしまう方がよくはないか、その方があの児のためにも長江のためにも結局は幸福なのではないか、誰かゞ思い切って長江に忠告したらどうか、と、よくそう云っていたものだが、長江と最も親しくしていた中村古峡《こきよう》が遂にその話を切り出したことがあった。すると長江は、「僕は僕の病気のことを世間が知っていることもよく知っている。しかしそう云う世間と闘うことを唯一の生き甲斐にして生きて来た。娘のことも考えないではないが、今あの娘を取られたら僕はこの世に何の楽しみもなくなってしまう。僕はあの児を傍に置いておく代りに、あの児が欲しいと云うものはピアノでも何でも買ってやっている。あの児を僕から奪おうと云うのは残酷だ」と云って声涙共に下《くだ》ったので、古峡も気の毒で溜らなくなり、返す言葉もなく引き下《さが》ったと云う。長江の亡くなったのは昭和十一年、今から二十三年前であるが、あの時のあのお嬢さんはどうしておられるであろうかと、この頃でもとき〳〵思い出すことがある。

（昭和卅四年九月稿）

（昭和三十四年十一月「コウロン」）

解　説

千葉俊二

ほとゝぎす五位《ごい》の庵に来啼《な》く今日渡りをへたる夢のうきはし

『夢の浮橋』は巻頭に、生みの母だか、継母だか、ほんとうのところは分からないが、ともかく「茅渟女《ちぬ》」たる母が詠んだ歌という一首が掲げられる。この歌には「五十四帖を読み終り侍りて」という詞書が付されているが、この作品の口述筆記を担当した伊吹和子『われよりほかに　谷崎潤一郎最後の十二年』（講談社　一九九四年）によれば、現存する初稿ノートには詞書がなく、その歌も「ほとゝぎす五位の庵に来鳴くなり夢のうきはし読み終へし頃」というものであったという。たしかにこれならば、詞書がなくとも『源氏物語』五十四帖を読み終わって、詠んだ歌ということがはっきりと分かる。

この歌が、詞書がなければ意味がとりにくいような現行のかたちに詠み換えられたことによって、「夢のうきはし」は単なる『源氏物語』の最後巻の帖名から普通名詞へ、それも抽象化され、たぶんに象徴性を帯びた普通名詞へ転化されたといえる。いい換えるならば、現行のかたちへ詠み換えたとき、谷崎はこの作品のモチーフをしっかりと把握し、その「夢」の内実もはっきり見定めたのだと思われる。『夢の浮橋』を読むということは、とりもなおさず、作者がどのような「夢」へ浮き橋を架け、それを渡り終えたといっているのかを確認することにほかならないが、『谷崎潤一郎家集』には昭和二十九年六月の詠として、次のような一首がある。

ほとゝぎす潺湲亭《せんかんてい》に来鳴くなり源氏の十巻《とまき》成らんとする頃

「潺湲亭《せんかんてい》」とは、昭和二十四年四月から谷崎が住んだ京都下鴨の邸のことである（南禅寺下河原町の潺湲亭を前《さき》の潺湲亭、下鴨泉川町のそれを後《のち》の潺湲亭と呼び慣わしている）。谷崎は、生涯に数え切れないほど転居を繰り返したが、そのなかでも最も気に入ったのがこの「後の潺湲亭」であった。『高血壓症の思い出』にも「私はこの邸を『潺湲亭』と名づけ、当時日本に滞在してゐた銭痩鉄《せんそうてつ》氏に揮毫して貰つた扁額を掲げてこの庭を限りなく愛し」たとあるが、京都の夏の暑さと冬の底冷えに耐えきれず、三十一年暮れに処分し、その後は熱海の雪後庵で過ごすことになる。『夢の浮橋』の「五位庵」には、この「後の潺湲亭」がそのまま写し取られている。潺湲亭はその後、日新電機株式会社に買いとられて、石村亭《せきそんてい》と名はあらためられたが、現在にいたるまで谷崎居住時代の面影をそのまま維持するように努められている。

この潺湲亭時代の昭和二十六年五月、谷崎は『潤一郎新訳源氏物語』の刊行を開始し、二十九年十二月に完結させている。全十二巻の構成であるが、「各巻細目」「年立図表」などの附録に二巻があてられているので、「夢浮橋」を含む本文部分は、この二十九年九月に刊行された第十巻で終わっている。「ほと丶ぎす潺湲亭に来鳴くなり」の歌は、『源氏物語』新訳も終わりに近づいての感慨だが、それを『夢の浮橋』の母の『源氏物語』読了のそれに重ねるかたちで流用している。ことに初稿ノートのそれは構造がまったく同一で、ただ単語を入れ換えただけに過ぎない。『夢の浮橋』が冒頭に掲げた母の詠んだ歌にまつわるエピソードから展開されるのであれば、その原形となった「ほと丶ぎす潺湲亭に来鳴くなり」と詠んだ、昭和二十九年六月当時の谷崎の心境にこの作品の発想の萌芽を求めてもよさそうである。

「ほと丶ぎす潺湲亭に来鳴くなり源氏の十巻成らんとする頃」と詠んだ谷崎にはどのような思いが去来していたのだろうか。谷崎にとって戦前の最初の『源氏物語』訳了は、松子夫人の妊娠と中絶という生涯において忘れることのできない重大な出来事と結びついていた。昭和十七年の『初昔』によれば、最初の『源氏物語』現代語訳の原稿三三九一枚を脱稿したのは、昭和十三年九月九日のことであった。八月中旬に松子夫人は恵美子をつれて上京し、谷崎も『源氏物語』を脱稿次第、その原稿を携えて上京する手はずになっていた。

その間、上京した松子夫人からの手紙で「とき〴〵嘔き気が催して気持ちが悪い、どうも今度はたゞの体ではなさゝうに思はれる」と知らされ、医師に診て貰ったところ「二箇月の終りか三箇月のかゝりである」といわれたという。

谷崎は源氏を脱稿するとすぐに上京、出版のことなど用事を済ませ、松子夫人とともに自宅へ帰り、松子夫人のかかりつけのA医師の診断をうけたが、A医師の意見は「万難を排しても生むと云ふならお止めすることは出来ないけれども、母体のためを考へれば中絶をおすゝめする」というものだった。松子夫人は自分自身の生きんとする意志と胎内の子への愛情にひきさかれる苦しみに喘いだが、専門違いであるけれど、少女時代から松子夫人を診察したことがあるB医師の意見も徴することになった。が、B医師は「A医師よりももつと強く否定的な意見を述べた」といい、結局、十月一日に中絶の手術をうけることになった。

この中絶に関しては、最晩年の『雪後庵夜話《せつごあんやわ》』においても再び取りあげられるが、そこでは「結局彼女が私の言葉を容れて芦屋の某病院でその手術を受ける気になつたのは、お腹の子に対する愛よりも、私と私の芸術に対する愛の方が深かつたのだと、私は思ふ」という。「私の子の母と云ふものになつたM子（松子）を考へると、彼女の周囲に揺曳してゐた詩や夢が名残なく消え去つてしま」い、「私の創作力は衰へ、私は何も書けなくなつてしまふかも知れない」と、松子夫人の体を気づかってというよりも、芸術を第一とする谷崎の芸術至上主義のためという説明に終始している。が、『初昔』では、時間的にも事件と近い時点で語られたからか、その回想はより詳細で、なまなましく、『雪後庵夜話』とはだいぶ異なったニュアンスの説明がなされている。「眼に一杯涙をためていろ〳〵のことを切なげに訴へつゝある彼女、身を守らうとする本能と母の愛情との搾木《しめぎ》にかけられて懸命になつてゐる彼女、――彼女自身にも私にも、どちらの力が勝を制するであらうかは暫く見当もつかなかつたが、たゞ私はさう云ふ風にして彼女の口説《くど》きを聞いてゐる間に、私自身の心のうちにも父としての愛情が刻々に強く喚び起されて来るのを感じた。母の胎内にあるものゝ意志が、母を通じて父たる私の心にも働きかけてゐる、と云ふ風に思へ出して来た」と、『雪後庵夜話』では決して語られることのなかった我が子への愛情さえ示している。

また昭和五十九年十月の「中央公論文芸特集」に公表された創作ノート『続松の木影』には「M夫人の妊娠中絶のこと」として、「自分もだん〳〵とその夫人のお腹の子に対し愛情が湧いて来る。（中略）夫人が『どうしても男の子のやうな気がする』と云ふのをきくと、その男の子の幻影が眼の前にちらつくやうに見え、一種云ひ難い愛情を感ずる」とある。そして、「T（谷崎）は、夫人に果して良妻賢母になり嬰児のために犠牲となる覚悟があるか、仮りにそれがあるとしても、最早や夫人とTとの間は最初にきめたやうな特殊関係ではなくなり、今後はTが生ひ育ち行く子供の手前父親としての権威を持つ必要を生じ、自然エミ子嬢に対してもさうなるがよいかと云ふやうな念を押す。その実Tも刻々お腹の子に対する愛情を強く感じ始め、口ではさう云つてゐるが、生むやうになればいゝと祈るやうな心も何処かに生じる」とある。谷崎の没後、この文章を眼にしたとき、松子夫人は目の前が真っ暗になり、なぜ生まなかったのかと悔やまれてならなかったと、涙ながらに話されたのを私も直接お聞きしたことがある。

最初の『源氏物語』現代語訳の訳了の際に谷崎の身の上におこったのはこうした出来事であった。この松子夫人の妊娠、中絶ということは、谷崎に文学者としての生き方を厳しく問いかけたばかりでなく、生涯において忘れようにも忘れられない事件であった。昭和二十六年三月から開始された二度目の『源氏物語』の現代語訳は、『高血壓症の思い出』にも触れられたように、途中高血圧症に悩まされながらも、再び満三年半を費やして二十九年七月三十一日に脱稿した。この二度目の現代語訳も終わりに近づいたころ、「ほとゝぎす潺湲亭に来鳴くなり源氏の十巻成らんとする頃」の歌が詠まれたわけだが、この一首を詠んだ谷崎の心に去来した思いとは、最初の『源氏物語』訳了の前後に不意に襲われた悪夢のような松子夫人の妊娠、中絶にまつわる思い出だったと見て、ほぼ間違いない。

では、「ほとゝぎす潺湲亭に来鳴くなり」の「ほとゝぎす」は、この事件にどのようなかかわりをもつか。単にほととぎすが潺湲亭に飛んできて鳴いたという表面的な意味ばかりでなく、おそらくここには我が国に古来伝えられてきた「ほとゝぎす」にまつわる特別なイメージが担わされていたと思われる。たとえば、『源氏物語』も終わりに近い「蜻蛉」の巻には、薫と匂宮とのふたりの男の愛に引き裂かれた浮舟が失踪してしまったあと、薫がほととぎすの声を聞いて、二条院にいる匂宮へその胸中を探るような歌を届けるという箇所がある。谷崎が先の一首を詠んだのも、この箇所を訳していた時期か、あるいはその直後のことで、この歌に引かれてのことであったかも知れない。

忍び音や君もなくらんかひもなきしでの田長《たおさ》に心かよはゞ

浮舟が失踪していなかったならば、四月十日の「今日」は、薫が浮舟を京へ迎えるはずであった。浮舟と匂宮の関係を疑っている薫は、浮舟がすでに死んだものと考え、折しもほととぎすの鳴き声を聞いて、この一首を匂宮のもとへ届けさせる。『潤一郎新訳源氏物語』巻十の頭注には、「『あなたも人知れず忍び音に泣いていらつしやることでございませう、甲斐もなく死んだかの女の上に心がお通ひになるなら』の意。『しでの田長』は時鳥の異名で、冥途の鳥だと云ふ俗説があるので、亡くなつた浮舟君を喩へてある」とある。『拾遺和歌集』に収められた伊勢の「死出の山越えて来《き》つらん郭公《ほととぎす》恋しき人の上《うえ》語らなん」によっても知れるように、ほととぎすは、古来、現世と冥途のあいだを行き来する鳥で、死者が冥途に赴くときに越えてゆく死出の山を越えて往来すると信じられていた。

『雪後庵夜話』に谷崎は、「M子は妊娠を中絶した悲しみを長い間忘れなかつた。あの時生んでゐたらなあと、何かにつけて思ひ出すらしかつた。ちやうど同じ年頃の他人の子供を見ては泣いた。ふと彼女の眼に理由の分らない涙が浮ぶことがあるのに、私はしば〳〵驚かされた。そんな時、必ず彼女は生れる筈であつた子のことを考へてゐるに違ひなかつた。私はいつもその眼を避けた。彼女の眼に涙が光ると、私は慌てゝ視線を外らした」という。谷崎は、いわば松子夫人の涙によって、その後「生れる筈であつた子」の年齢を数えざるを得なかったのである。とするならば、二度目の『源氏物語』現代語訳の脱稿間際に聞いた「ほとゝぎす」の声とは、最初の『源氏物語』現代語訳の脱稿と同時に、この世に一度も生をさずかることなく死の国へおくられた、谷崎と松子夫人とのあいだに「生れる筈であつた子」の魂の声ではなかったろうか。

昭和十六年十二月には長女鮎子が百百子《ももこ》を生み、谷崎にとっては初孫の誕生となった。『初昔』では最後にそのことに触れて、「それにつけても、人間の慾には限りのないもので、さうなると又、もし此の孫よりも歳の若い子を持つことが出来たら、それがどんなに可愛いであらうかと夢のやうなことを思ふのであるが、いつかはその夢がまことになりますやうにと云ふのが、今の私達の正直な心境なのである」と結んでいる。まさに「夢のやうな」現実にはおこり得ない「もし」である。が、『夢の浮橋』の発想の根底には、『潤一郎新訳源氏物語』の脱稿も間近い折にみずから詠んだ一首に触発されて、こうした現実にはおこり得ない仮想としてのふたつの「もし」が想定されていたのではないだろうか。

そのひとつは、『夢の浮橋』に「私を生んでくれた母は私が数へ年六つの秋、あの玄関前の橡《とち》の葉が散り初める頃、私の弟か妹に当る胎児を宿しつゝ、子癇《しかん》と云ふ病気に罹つて廿三《にじゅうさん》歳で死んだ」とあるように、松子夫人が谷崎とのあいだに宿した子の出産を強行して、その結果としておこり得たかも知れない最悪の事態の想定である。そして、もうひとつは、いうまでもなく、松子夫人とのあいだに無事に我が子を得た場合の想定である。作品のなかで糺《ただす》の父は臨終の床で糺に、「お前の顔はわしの顔によう似てると皆がさう云ふ。わしもほんにさうやと思ふ。お前は年を取れば取る程わしに似て来る」と、父から子へうけ継がれるものがことさら強調され、糺がまぎれもなく父の分身たる子であることを際だたせている。

『夢の浮橋』の発想には、このふたつの現実にはあり得なかった「もし」を核にし、二度目の『源氏物語』現代語訳の脱稿も間近い折、潺湲亭にいる谷崎のもとへ「ほと、ぎす」に姿を変えて訪れた、松子夫人とのあいだに「生れる筈であつた子」の魂に自己を仮託するところに、物語が構築されていったのではなかろうか。そして「もし」谷崎と松子夫人とのあいだに「生れる筈であつた子」が、『夢の浮橋』執筆時に生きていたとしたならば、その子はちょうど二十歳になっていたはずである。『夢の浮橋』において糺が継母とはじめて会ったとき、継母が二十歳であり、継母が妊娠し、それにつづく合歓亭での出来事がおこるのは、糺が二十歳のときであり、糺と澤子とが父の意をうけて婚約したのは、やはりふたりが二十歳のときだった。この作品で何かにつけ、「二十」という数字が重要視されるのは、まったく意味のないことではないのだろう。

『夢の浮橋』における反実仮想は、まず冒頭部のたたみ込むような否定文の連続として現象している。日野啓三がはやくに指摘しているように（「谷崎潤一郎『夢の浮橋』論」『幻視の文学』三一書房　一九六八年所収）、この作品の冒頭の部分は否定と打ち消しの文章によって組み立てられている。まず冒頭の一首が生みの母のものか継母のものか「ほんたうのところは確かでない」といい、継母は実名を「用ひたことがなく」、ふたりの母は名前からは「区別がつかない」、その歌を記したのも「どちらの茅渟女かは明らかでない」。また母の歌は「これ以外には伝はつてゐない」、その歌を記した色紙を取り寄せたのは「いづれの母だか分らない」、その文字は小学校へ行くようになっても「読み下せなかつた」、今では「こんな字を書く人はゐない」、さらに文字の巧拙について自分は「兎角のことを云ふ資格はない」、乳母にいわせれば近衛流の字を「こない上手にお書きこなしやすお方はおゐや致しまへん」といい、歌の巧拙については「私は猶更不案内」で、それは「秀歌と云へる程のものではあるまい」とつづく。

わずか一、二ページのあいだにこれだけの否定と打ち消しの文章が用いられるが、こうした否定的表現の連続は、日野もいうように、冒頭の一首をめぐる一連の事実の否定を通して、ふたりの母についての現実的区別をぼかし、ぼかすことによって「非現実な想念」を浮かびあがらせることになる。用意周到に組み立てられ、そこから立ち上がるこの「非現実的な想念」の世界に、作者は母にして女、女にして母というひとりの理想の女人を造形し、まさに夢のような妖艶にして、かつ背徳的な物語を展開してゆくことになる。「生母」と「継母」とはふたりにしてひとりであり、「継母」はひとりにしてふたりである。しかもすべては父の意思（遺志）によって用意されたこの夢の世界では、父の欲望を息子もそのままになぞり、父は自分の死後、「お母さんはお前がゐたら、わしがゐるのと同じやうに思ふ」と息子へ自己の生を仮託するのだ。ここでは父と子もふたりにしてひとりといえる。

「生母」と「継母」が、あるいは父と子が似ているということは、どういうことなのだろうか。原章二は、『《類似》の哲学』（筑摩書房　一九九六年）において「似ているとは、同じでありながら少しちがうということである。類似は、同じもののちがう反復であり、ちがうものの同じあらわれなのだ。端的に言って、それは存在の不断のズレの顕在化であり、さらに言えば、存在の自己同一性の否認なのである」といっている。つまり、A＝BであるとA同時にA≠Bであり、AでもなければBでもないような自己同一性の間隙に、現実世界におけるAもBも未決状態の宙吊りにして、そこから現出されるひとつの虚構空間なのだ。『夢の浮橋』における「夢」とはそうした虚構空間であり、谷崎はそこに母の懐に抱かれたときの髪の油の匂いと乳の匂いの入り交じった「ほの白い生暖かい夢の世界」を、この世とあの世とに架けられた浮き橋のように仮構したのである。

が、その夢のような生活も、外部からの侵入者によってあっけなく崩壊してしまう。梶川の娘の澤子の出現である。伊吹和子の証言によれば、澤子の卒業する女学校を、当初渡辺千萬子《ちまこ》の出身校である京都府立第一高等学校という設定にしたかったということだが、それが設定のうえで無理があるということで、現行のようになったという。渡辺千萬子は日本画家の橋本関雪《かんせつ》の孫で、谷崎にとっては「義妹の息子の嫁」である。つまり、松子夫人の妹で、『細雪』の雪子のモデルとなった重子（夫の渡辺明は昭和二十四年十月十五日に死去）のもとに、松子夫人の先夫根津清太郎とのあいだに生まれた長男清治が養嗣子として入籍し、昭和二十六年五月にその清治と結婚して、潺湲亭に同居しはじめた当時二十一歳の若い女性である。

この作品に描かれた五位庵の生活は、松子夫人と重子の姉妹とともにあった谷崎自身の潺湲亭での生活をある程度反映させたものであることは疑いなく、伊吹和子もいうように『茅渟』が松子夫人の化身として創造されると同時に、『継母』の『経子《つねこ》』は、重子夫人の化身として造形されたもの」ということができる。昭和二年三月の松子夫人との初対面以来、松子夫人と重子の姉妹からの圧倒的な影響のもとに、谷崎の文学は書きつづけられてきたが、千萬子の出現によって外部から新しい時代の息吹がふきこまれ、これまでの谷崎の周囲には見られなかった新たな魅力をもつ女性世界が開かれた。『夢の浮橋』の父と母と子の夢が一体化したような妖しい世界へ、澤子は外部からの侵入者として登場し、その世界を打ちこわすものとしての役割を演ずる。渡辺千萬子の存在も潺湲亭においてそれと同じような役割を果たしたに違いない。

この『夢の浮橋』に谷崎は、現実にはおこり得ない「もし」という仮想を託しながら、まさにおのれの「夢」に浮き橋を架けるべく松子夫人と重子によって醸される妖艶にして背徳的な世界を描き出したが、その浮き橋を渡り終えてみれば、何とも無気味な「荒涼たる冷気の吹き寄せてくる」（日野啓三）地点に立たされてしまったといわざるを得ない。昭和初年代から戦後の『少将滋幹の母』『鍵』に至るまで谷崎文学を支えてきた松子夫人と重子の影響圏から、谷崎はこの作品を区切りにしていったん離れることになる。そしてその二年後には、トレアドルパンツをはいた渡辺千萬子からインスピレーションを得て、まったく新たな方向に最晩年の傑作『瘋癲老人日記』の執筆にとりかかるのである。

＊

昭和三十三年十一月二十八日、『高血壓症の思い出』の最後に記されているように、谷崎は親友笹沼源之助の金婚式に臨もうとして、止宿先の福田家で贈り物に箱書きしていたとき、軽微な発作をおこし、右手に疼痛を覚えた。十日ほど同家で安静にして、熱海に帰り、医師から三ヶ月の静養を忠告されたが、それ以後、右手に異常な麻痺感と疼痛を覚えるようになり、執筆は口述筆記に頼らざるを得ないようになった。随筆類はそれ以前にも口述した経験はあったが、小説に関してはまったくはじめてのことであった。その第一作がこの『夢の浮橋』だったが、これに取りかかる前に練習の意味もかねて『高血壓症の思い出』に取りかかっている。

『夢の浮橋』は昭和三十四年十月号の「中央公論」に発表されたが、翌三十五年二月に『親不孝の思い出』『高血壓症の思い出』『四月の日記』『文壇昔ばなし』の四篇のエッセイと一緒に単行本として中央公論社から刊行された。単行本への収載に際して、田村孝之介による三葉の挿絵がそえられたが、現在、石村亭にはその原画を張り込んだ屛風もおかれている。それには単行本の際に未使用であった羅漢を描いた一枚と合わせて四枚の絵が張られているが、今回、日新電機株式会社のご好意により本書には直接その屛風の原画から写真で、未使用分の一枚をも含めて四枚の挿絵を入れることにした。

『親不孝の思い出』『高血壓症の思い出』『文壇昔ばなし』の三篇はいずれも過去を振り返った思い出話だが、『親不孝の思い出』は『幼少時代』のあとをうけて、自己の親不孝や放蕩の「悪の血」が、谷崎家の代々の血筋のなかでも「叔父の庄七」から伝わったことを確認したもの。『高血壓症の思い出』は、谷崎の後半生を悩ませることになった高血圧症の病歴を記したものだが、『鍵』『瘋癲老人日記』などと合わせて読むならば、谷崎はみずからの病状をも自己の文学の肥やしにしているということに気づかされるだろう。まったく逞しい作家魂である。『文壇昔ばなし』には谷崎自身の体験した文壇の興味深いエピソードがふんだんに紹介されている。

『四月の日記』は、昭和三十三年四月の、谷崎満七十一歳のときの日記の一節。高血圧症に悩まされ、体調は必ずしも万全ではないのに、春の京都へ旅行を強行するが、傍からは思わず、少しは老人らしく安静に休養でもしておればいいのに、といいたくなる。が、薬を飲み、京都では病院にかかりながら、平安神宮への花見や丹熊での美食、日劇ミュージック・ホールのヌードダンサーであった春川ますみのナイトクラブでのショウの見物や、映画「夜の鼓」の鑑賞などと連日、忙しく動き回る。しかも「夜の鼓」の有馬稲子の美貌と演技に惹き入れられ、「予も徳川時代の武家に生れてあゝ云ふ姿をした女房を持つて見たい気になる」という。谷崎の現世の享楽への執着には凡人の想像力を超えたなみなみならないものがあるが、それをすべて作家としての栄養分としていることが分かる。ここから『瘋癲老人日記』までの道のりはさほど遠くはない。

初出と底本は、以下のとおりです。

「夢の浮橋」昭和三十四年十月号「中央公論」（底本『谷崎潤一郎全集』第十八巻　昭和五十七年十月　中央公論社刊）

「親不孝の思い出」昭和三十二年九月号―十月号「中央公論」（底本『谷崎潤一郎全集』第十七巻　昭和五十七年九月　中央公論社刊）

「高血圧症の思い出」昭和三十四年四月―六月「週刊新潮」（底本『谷崎潤一郎全集』第十八巻　昭和五十七年十月　中央公論社刊）

「四月の日記」昭和三十三年七月号「心」（底本『谷崎潤一郎全集』第十八巻　昭和五十七年十月　中央公論社刊）

「文壇昔ばなし」昭和三十四年十一月「コウロン」（底本『谷崎潤一郎全集』第二十一巻　昭和五十八年一月　中央公論社刊）

『夢の浮橋』は昭和三十五年二月に単行本として中央公論社から刊行されました。今回文庫化するにあたり、昭和五十六―五十九年に刊行された『谷崎潤一郎全集』全三十巻を底本とし、表記を新字新仮名にあらためました。

本文庫の構成は右記の単行本を踏襲しております。

本作品は今日の人権意識からみて不適切な言葉が使用されており、また、病気に対する当時のかたよった認識から生じた記述がありますが、本作品の描いている時代背景、および著者が故人であることを考慮し、発表時のままとしました。

中公文庫

夢《ゆめ》の浮橋《うきはし》

2007年9月25日　初版発行
2019年9月15日　5刷発行

著　者　谷崎潤一郎《たにざきじゅんいちろう》

発行者　松田陽三

発行所　中央公論新社
〒100-8152　東京都千代田区大手町1-7-1
電話　販売 03-5299-1730　編集 03-5299-1890
URL http://www.chuko.co.jp/

印　刷　三晃印刷
製　本　小泉製本

Published by CHUOKORON-SHINSHA, INC.
Printed in Japan　ISBN978-4-12-204913-0 C1193

定価はカバーに表示してあります。落丁本・乱丁本はお手数ですが小社販売部宛お送り下さい。送料小社負担にてお取り替えいたします。

各書目の下段の数字はISBNコードです。978-4-12（★印は4-12）が省略してあります。

中公文庫既刊より

た-30-6
鍵　棟方志功全板画収載
谷崎潤一郎
妻の肉体に死をすら打ち込む男と、死に至るまで誘惑することを貞節と考える妻。性の悦楽と恐怖を限界点まで追求した問題の長篇。〈解説〉綱淵謙錠
★200053-X

た-30-7
台所太平記
谷崎潤一郎
若さ溢れる女性たちが惹き起す騒動で、千倉家のお台所はてんやわんや。愛情とユーモアに満ちた筆で描く抱腹絶倒の女中さん列伝。〈解説〉阿部　昭
★200088-2

た-30-27
陰翳礼讃
谷崎潤一郎
日本の伝統美の本質を、かげや隈の内に見出す「陰翳礼讃」「厠のいろいろ」を始め、「恋愛及び色情」「客ぎらい」など随想六篇を収む。〈解説〉吉行淳之介
★202413-7

た-30-10
瘋癲《ふうてん》老人日記
谷崎潤一郎
七十七歳の卯木は美しく驕慢な嫁颯子に魅かれ、変形的間接的な方法で性的快楽を得ようとする。老いの身の性と死の対決を芸術の世界に昇華させた名作。
★203818-9

た-30-45
歌々板画巻
谷崎潤一郎 歌
棟方志功 板
文豪谷崎の和歌に棟方志功が「板画」を彫った二十四点に、挿画をめぐる二人の愉快な対談をそえておくる。芸術家ふたりが互角にとりくんだ愉しい一冊である。
★204383-2

た-30-49
谷崎潤一郎＝渡辺千萬子　往復書簡
谷崎潤一郎
渡辺千萬子
複雑な谷崎家の人間関係の中にあって、作家晩年の私生活と文学に最も影響を及ぼした女性との往復書簡。「文庫版のためのあとがき」を付す。〈解説〉千葉俊二
★204634-3

た-30-51
谷崎潤一郎文学案内
千葉俊二 編
生誕百二十年を記念しておくる、谷崎文学の読書案内。人と作品、年譜、愛読者によるエッセイ、名作ダイジェストなどをまじえ、その絢爛たる業績をひもとく。
★204768-4